Spreu im Wind

FRITZ NENDEL

Spreu im Wind

Tagebuch einer Verschollenen

Herausgegeben und mit einem
Nachwort von Axel Dornemann

Weltbild

Besuchen Sie uns im Internet:
www.weltbild.de

Genehmigte Lizenzausgabe 2009 für die
Verlagsgruppe Weltbild GmbH, Steinerne Furt, 86167 Augsburg
Projektleitung: Dr. Ulrike Strerath-Bolz, Gerald Fiebig
Redaktion: Hilke Bemm
Herausgeber: Axel Dornemann
Umschlaggestaltung: zeichenpool,
Design und Kommunikation, München
Umschlagmotiv: Corbis GmbH, Düsseldorf
(© Hulton-Deutsch Collection);
Shutterstock (© Sibrikov Valery, © Martina I. Meyer,
© Roman Sigaev)
Satz: Uhl + Massopust GmbH, Aalen
Druck und Bindung: CPI Moravia Books s.r.o., Pohorelice
Printed in the EU
ISBN 978-3-86800-280-5

2012 2011 2010
Die letzte Jahreszahl gibt die aktuelle Ausgabe an.

31. Januar 1945

Irgend etwas ist anders geworden. Ich merkte es sofort, als ich heute morgen aus dem Hause trat.
Es mochte gegen sieben Uhr sein. Der Mond hing fahl und kränklich am Himmel. Zwei Sterne in seiner Nähe schienen ihn aufheitern zu wollen. Doch er hielt das wohl für jugendlichen Übermut. Griesgrämig hing er weiter dort oben, fast wie ein Greis, der mehr an seinen eigenen Untergang als an das jugendliche Werden in seiner Nachbarschaft denkt.
Der an unseren Garten grenzende See leuchtete mir in der Morgendämmerung beinahe gehässig entgegen.
Bei dem Wort »gehässig« mußte ich mir erst Mut machen, um es schreiben zu können. Es ist lächerlich, doch es dünkte mich, als dürfe ich den See nicht mit abträglichen Worten kränken. Weil man ein großes und mächtiges Wasser, das an den eigenen Garten grenzt, wie einen guten und hilfsbereiten Nachbarn und keineswegs wie einen Feind betrachten sollte, vor dessen heimlicher Tücke man sich zu wahren habe.
So ist es bislang mit uns beiden ja auch gewesen. Er war stets wie ein guter und zuverlässiger Freund zu mir. In vielen schweren Stunden hat er mir geholfen, und nie erbat ich seine Hilfe vergeblich.
Ich entsinne mich noch ganz deutlich, wie ich zu ihm eilte, nachdem der erste Streit mit meinem Manne nicht mit einer beiderseitigen schuldbewußten Versöhnung endete. Wie mir meine Tränen klein und unwürdig erschienen, wenn ich längere Zeit an seinem Ufer gesessen hatte. Und wie ich schließlich überhaupt nicht mehr

begreifen konnte, warum ich mich mit solcher Heftigkeit gestritten und warum ich anschließend mit gleicher Heftigkeit geweint hatte. Eine erlösende Gelassenheit teilte sich mir mit, und gefaßt und geläutert kehrte ich ins Haus zurück.

Knud mußte wohl den guten Einfluß erkannt haben, den das Wasser auf mich ausübte. Er baute mir bald eine Bank aus Birkenästen am Ufer, damit ich mich beim Sitzen im nassen Gras nicht erkälte. Von nun an saß ich immer darauf, konnte ich mit irgend etwas nicht fertig werden. Und immer wurde mir Hilfe zuteil. Ins Haus zurückgekehrt, gelang es mir dann stets, mit den Mißhelligkeiten fertig zu werden, die mir vordem allmächtig erschienen waren.

Ich muß unserem großen Nachbarn also sehr dankbar sein, dankbarer als irgendeinem Menschen.

Und dennoch kann ich nicht verschweigen, daß er mir heute zum ersten Male gehässig und unfreundschaftlich entgegentrat. Die Wahrheit fordert es.

Ich war so bestürzt, daß ich mich auf den Sägebock setzen mußte, der noch aus der Zeit, bevor Knud Soldat wurde, am Schuppen steht. Doch auch im Sitzen änderte sich das nicht. Der Himmel hellte sich auf über den Wäldern im Osten, grün wie eine bösartige und giftige Wunde.

Welch ein Unsinn! Ich denke und schreibe heute nur dummes Zeug. Der Himmel soll wie eine bösartige und giftige Wunde ausgesehen haben und grün! Dabei steht seit undenklichen Zeiten fest, das innerste Wesen des Himmels sei blau. Und um das innerste Wesen handelte es sich hier: Das war völlig klar.

Während ich fassungslos auf den See und die Wälder und den giftigen Himmel blickte, geschah nichts Besonderes. Nur Pinsel, unser Hund, kroch unter meinen Rock und

knurrte leise, wie er zu tun pflegte, wenn er eine Gefahr ahnt, sie mit seinen Sinnen jedoch noch nicht wahrnehmen kann. So starrten wir beide auf das vereiste Wasser, und ich wußte sicher ebensowenig, was eigentlich los war, wie das leise wimmernde Tier. Es gelang mir nicht, den Hund zu beruhigen, wahrscheinlich weil ich selbst ohne Ruhe war. Hunde scheinen so etwas sehr deutlich zu spüren.
Schließlich erhob sich aus dem dunkeln Wald unterhalb des grünen Himmels ein großer Schwarm Krähen und flog über den See – schwarz, schweigend und schwer. Man konnte wahrhaftig meinen, auch sie wollten dem giftigen Himmel entfliehen.

Eine Stunde später

Ich vergaß zu schreiben, daß die Kinder während des ganzen Tages sich draußen nicht aufhalten mochten. Auch Pinsel nicht. Es war fast, als fürchteten sie sich dort und suchten Schutz hinter den festen Mauern unseres kleinen Häuschens. Mehrmals forderte ich sie auf, bei dem schönen Wetter doch draußen Schlitten zu fahren oder auf dem See Schlittschuh zu laufen. Sie kamen auch meiner Anregung nach und gingen hinaus, aber nach kurzer Zeit waren sie alle wieder da. Pinsel auch.
Nein, sie wollten heute nicht draußen spielen. Es wäre dort sooo kalt. Dabei ist es heute um 8 Grad wärmer als gestern, wo sie doch den ganzen Tag draußen herumtollten.
Die drei Kleineren fanden ihre Unbekümmertheit im Hause bald wieder. Nur Uwe, unser Ältester, blieb den ganzen Tag über ernster und nachdenklicher als sonst. Am Abend, nachdem ich die anderen drei schlafen ge-

schickt hatte, zog ich ihn auf meinen Schoß und fragte ihn, warum er heute nicht draußen gespielt habe.
Er zog sich ein ganz klein wenig von mir zurück, als wolle er zwischen mir und seinem Geheimnis etwas mehr Entfernung herstellen. Dann trat ein listiger Ausdruck in seine Augen, und er meinte, sie hätten den Schlitten nicht finden können. Ich ließ mich nicht täuschen und entgegnete ihm, der Schlitten habe am üblichen Ort auf sie gewartet. Da meinte er zögernd und unschlüssig, ob er das sagen dürfte, es sei noch etwas anderes gewesen. Was, könne er nicht sagen. Das wäre beinahe gewesen, als hätte sich irgendwo einer versteckt, der einem aus dem Hinterhalt unvermittelt ein Bein stellen wolle.
Nun müßte ich eigentlich schlafen gehen. Doch mir ist, als dürfe ich den Schlaf der Kinder jetzt nicht mehr unbewacht lassen.

1. Februar 1945

Ich habe in der vergangenen Nacht sehr unruhig geschlafen. Immer wieder fuhr ich entsetzt auf, als müsse ich ein meinen Kindern drohendes Unheil abwehren. Aber es war nie etwas Bedrohliches festzustellen.
Die Kinder schliefen fest und ruhig. Wahrscheinlich war es draußen. Ich ging dorthin. Beim vierten Male hörte ich plötzlich neben mir eine Stimme. Mein Ältester.
»Warum stehst du denn fortwährend auf, Mutti?« fragte er und drängte sich an mich.
»Ich weiß es auch nicht. Geh ins Bett!«
Er entfernte sich einige Schritte, blieb stehen, und wahrscheinlich wandte er sich mir wieder zu.
»Ich weiß es aber doch, Mutti.«
Ein leiser Triumph war in seiner Stimme.

»Was weißt du?« fragte ich mit der Gereiztheit eines Erwachsenen, der es als eine Beleidigung empfindet, daß ein Kind mehr wissen könnte als er.
»Weil Krieg ist«, flüsterte er zurück. »Und weil der jetzt zu uns will.«
»So?« Ich mühte mich, meinem Ton einen leichtfertigen Anstrich zu geben. Doch das mißlang mir völlig. Leichtfertigkeit lag meiner Zunge noch nie.
»Der Dieter von Bromkowskis hat es mir gesagt. Bei denen sind gestern zwei Frauen angekommen. Die konnten nicht mehr weitergehen. Die hatten die Füße ganz voll Blasen, weil sie so schnell vor dem Krieg davongelaufen sind. Und dann haben sie bei Bromkowskis im Kuhstall geschlafen.«
»Es wäre gut, wenn du endlich auch schlafen gingest.«
»Aber wenn dir nun – ich dachte nur, wenn dir jemand etwas tun will, ich kann doch besser mit Steinen werfen als du, Mutti.«
Da zog ich meinen Großen an mich. Ein schwerer Stein entfiel seiner Hand.
Am Morgen kämpfte ich lange Zeit mit mir, wollte ich doch heute keinesfalls an den See gehen. Es war mir, als dürfe ich das Schicksal nicht solcherart herausfordern. Aber ich tat es doch. Und es war gut so. Jetzt weiß ich endlich, was mich seit gestern in dieser ruhelosen und quälenden Beklemmung hält.
Heute morgen enthüllte es sich mir. Ich habe zu den Kindern noch nicht davon gesprochen. Nur Pinsel weiß es. Der aber schwatzt nicht. Und auch das ist gut.
Die Kinder sind noch ruhig, von keinem heranrückenden Unheil geängstigt. Nur Uwe scheint mehr zu wissen, als er sollte. Er war heute wieder im Dorfe. Von dort bezog er seit je seine Neuigkeiten, die sonst nur sehr langsam den

Weg zu unserem Häuschen im Walde fanden. Sicher hat er dort wieder Unerfreuliches erfahren. Er guckte mich im Laufe des Tages oftmals mit so reifen und besorgten Augen an, daß ich versucht war, ihm zu sagen, er möchte vorläufig seine Gänge nach dem Dorfe einstellen.

Wie ähnlich der Bengel übrigens seinem Vater ist!

Kaum ward er inne, daß ich seine besorgten Blicke bemerkt hatte, wandte er sich ab und begann, fröhlich zu pfeifen. Genau wie Knud. Der spitzte auch immer die Lippen und pfiff ein leichtsinniges Lied, wollte ich an seinen Sorgen teilnehmen.

Doch ich wollte von dem Etwas erzählen, was sich mir heute morgen enthüllte:

Ich saß auf der Bank aus Birkenästen. Zuerst kam ein einzelner Mensch. Schwarz und mühsam wankte er aus dem Walde. Scharf hob er sich von dem unbetretenen Schnee ab. Sein Fuß mochte gewiß tief einsinken, und Erschöpfung zwang ihn wohl, häufig stillzustehen. Schließlich betrat er das Eis. Und nun ging es ein wenig schneller, denn keine im Schnee verborgenen Wurzeln oder Steine behinderten weiterhin seinen Fuß. Ich konnte nicht sehen, ob es ein Mann oder eine Frau war. Nur daß der Mensch eine schwere Last auf dem Rücken quer über den See trug, nach dem gegenüberliegenden Dorf, das sich durch seinen behäbigen Kirchturm weit in der Runde ankündigt.

Dann kam der zweite aus dem Walde. Der mochte wohl aus den Spuren seines Vorgängers einige Sicherheit gewonnen haben, denn er strebte schneller dem See zu, obwohl er einen hochbeladenen Schlitten hinter sich herzog. Etwa in der Mitte des Sees holte er den ersten ein. Die beiden verweilten einige Augenblicke. Sicher sprachen sie miteinander. Das müssen zwei Menschen, treffen sie sich auf dem Eise eines großen Sees, wenn der

Himmel sich darüber auftut wie eine unfaßbare Bedrohung.
Dann legte der erste sein Gepäck auf den Schlitten des zweiten, und die beiden zogen nun gemeinsam das kleine Gefährt über das Eis. Inzwischen kamen noch mehr Menschen aus dem Walde. Die beiden waren anscheinend nur die Schrittmacher für die folgende Masse. Von nun an blieb der See nie mehr allein. Stets waren Menschen auf ihm, die von Osten nach Westen strebten. Häufig schleppten sie schweres Gepäck.
Nachdem es ganz hell geworden, ließ sich erkennen, daß es vorwiegend Frauen und Kinder waren. Zuweilen stolperte einer. Nicht immer konnte der Gefallene sich aus eigener Kraft erheben. Mitunter wurde er von fremden Händen auf einen Schlitten gesetzt. Der fuhr dann mit der vermehrten Last langsamer als vordem zum westlichen Ufer.
Währenddessen erhob sich der Schwarm Krähen wieder wie gestern und flog gleichfalls nach Westen.
So hatte ich wohl ziemlich lange auf der Bank gesessen und auf den See gestarrt, der sich mir auch dieses Mal nicht versagte, sondern mir in der eindeutigsten Weise ankündigte, was aus dem Osten zu uns wollte.
»Da kommt es«, sagte schließlich eine helle Stimme neben mir. Wieder war es unser Großer. Er hielt seine beiden Hände in den Hosentaschen verborgen und sah viel älter aus, als seinen Jahren angemessen war.
»Was?« fragte ich und wandte mich ihm zu.
»Der Krieg«, antwortete er und spuckte in den Schnee, wie er es wohl von den Leuten im Dorfe gesehen haben mochte. Die liebten es, immer erst einmal auszuspucken, bevor sie zu erregenden Ereignissen Stellung nahmen.
»Kann sein, aber vielleicht wollen die auch bloß jemanden

im Dorf besuchen«, wollte ich Uwe beruhigen. Doch der Junge merkte anscheinend, daß ich seinen schmalen Schultern eine Last vorenthalten wollte, weil mich die zu schwer dünkte.
»Dazu brauchen die nicht nachts durch den Wald zu gehen«, wies er meinen Beruhigungsversuch unbarmherzig zurück. Ich schwieg.
»Mutti!« rief es da laut und furchterfüllt aus dem Hause. Und es ist sehr gut, wird einer mit diesem Wort gerufen, wenn der Krieg über einen vereisten See taumelt. Sicher gibt es nichts Besseres. Man muß dann ins Haus eilen und die Kinder anziehen, Kaffee aufsetzen und Schnitten beschmieren wie an jedem anderen Tage. Auch das Feuer im Herd will gewartet werden. Es liegt in dem allen eine so überzeugende Kraft, daß die schwarzen Gestalten auf dem See immer mehr an Gewicht verlieren.
Und wenn dann Jutta, die Jüngste von den vieren, wichtig erklärt, sie müsse zum Onkel Doktor in die Stadt, der solle ihrer Püppi eine Brille verschreiben, damit sie besser die Zeitung lesen könne, kann man sogar lächeln, ohne sich besonders anstrengen zu müssen.
Am Nachmittag war ich im Dorfe. Ich sah dort Menschen, die am Morgen über das Eis gekommen sind. Man hatte Stroh in die Schulstube getragen. Auf dem lagen und saßen sie. Die Stärksten waren schon weitergezogen.
Am Ofen saß eine alte Frau. Die sagte kein Wort. Ihr Gesicht blieb völlig unbewegt. Man konnte beinahe zu dem Glauben gelangen, sie habe es gar nicht bei sich. Sie habe es vielmehr in ihrer Heimat zurückgelassen und nur die leere Hülle mitgenommen.
Als sie trinken wollte, entglitt ihr die Tasse. Ich eilte hinzu und reichte sie ihr neu gefüllt. Sie betrachtete mich lange unverwandt. Ich wurde fast verlegen unter ihrem for-

schenden Blick. Dabei steht es einer Mutter von vier Kindern schlecht an, zu erröten wie ein Backfisch.
»Meine Tochter hatte auch solche Augen wie Sie«, begann sie endlich. Aber ihr Gesicht nahm an ihren Worten keinen Anteil. Fast konnte man argwöhnen, es spräche ein anderer Mensch, vielleicht einer hinter ihr.
Ich fand keine Antwort.
»Wer solche Augen hat, dem wird das Leben schwer«, fuhr sie fort. »Bei meiner Tochter war's so. Deshalb gab sie's auch freiwillig zurück. Wie ein Geschenk, das zu groß geraten ist. Vorgestern haben wir sie unterm Schnee begraben – ehe wir weggingen.«
Immer noch wußte ich nicht, was ich sagen sollte.
»Haben Sie Kinder?« wollte nun die Alte wissen.
»Ja, vier«, antwortete ich, froh, nun endlich etwas sagen zu können.
»Das ist gut. Halten Sie sich an die, wenn Ihnen das Leben einmal zu schwer wird. Meine Tochter hatte keine.«
Sie ließ sich ins Stroh sinken und kümmerte sich nicht mehr um mich.
Auf dem Heimweg ging ich über das Eis. Es dunkelte schon, als ich am Ostufer ankam. Dort stieß mein Fuß an etwas Weiches. Ich bückte mich und griff in einen schmierigen Brei. Danach bin ich gerannt bis zu unserem Hause und habe die Tür fest hinter uns verschlossen.
Uwe guckte mich in seiner forschenden Weise scheu von der Seite an, sagte jedoch nichts. Die anderen forderten energisch etwas zu essen. Und ihr Hunger ließ mich bald wenigstens mein äußeres Gleichgewicht wiederfinden.
Uwe schnitzte an einem starken Stock herum. Ich beobachtete, wie er verstohlen die Stallaterne anzündete und sich nach dem Schuppen schlich. Dort stellte er ein Bund Stroh auf und durchbohrte es mit einem Stich des neuge-

schnitzten Stockes. Er lächelte zufrieden und verbarg den Stock hinter der Tür.

Uwe hat mich dabei nicht gesehen. Es wäre ihm gewiß sehr unwillkommen gewesen, Zuschauer bei seiner frühmännlichen Übung zu haben.

Wenn der Mensch am Ostufer des Sees nun aber doch nicht ganz tot war? Es hatten doch schon viele Menschen Blut im Gesicht, ohne tot zu sein.

Ich darf nicht mehr daran denken. Mir sind jetzt andere Fragen gestellt – ganz andere. Zum Beispiel muß ich mir jetzt überlegen, was wir am dringendsten brauchen. Es könnte ja sein – man muß auf jeden Fall mit der Möglichkeit rechnen, daß auch wir bald fort müssen.

Am 2. Februar 1945

Heute morgen hatte ich keine Zeit, an den See zu gehen, um mich zu überzeugen, ob die Krähen wieder von Osten nach Westen flögen. Denn heute kam der Krieg zu uns ins Haus. Ich brauchte nicht einmal mehr ins Dorf zu gehen, um mich über ihn zu unterrichten.

Es war noch vollkommen dunkel, als von draußen an unser Fenster geklopft wurde. Ich ahnte sofort, das mußte der Krieg sein. Und ich wollte ihn nicht einlassen. Vielmehr verbarg ich meinen Kopf unter meinem Kopfkissen. Aber das zählte nicht.

Das Klopfen verstärkte sich so sehr, daß ich fürchtete, die Kinder könnten davon wach werden. Im Hintergrunde regte sich wohl auch die zaghafte Hoffnung, es könnte Knud sein, der gekommen wäre, mir zu helfen. Denn er hatte mich noch nie im Stiche gelassen, bedurfte ich seiner. Und es scheint, als bedürfe ich seiner bald mehr als je.

Das war nun schon wieder Unsinn. Knud ist Soldat und kann nicht einfach davonlaufen, weil seine Frau Angst hat, auch nicht, um morgens an das Fenster seines Hauses zu klopfen. Ich stand auf und fragte hinter der verschlossenen Tür, wer draußen sei. Ich wagte nicht, die Tür zu öffnen. Eine heisere Stimme antwortete, ein verwundeter Soldat begehre Einlaß. Nun endlich faßte ich Mut und öffnete. Da taumelte also der Krieg herein und war nicht mehr von der Schwelle zu weisen.
Ohne zu fragen, ließ sich der Verwundete auf einen Stuhl fallen und seinen Kopf auf den Tisch sinken. Ich war ganz ratlos. In meiner Verwirrung setzte ich den Herd in Brand und stellte Wasser für Tee auf. Während ich solcherart beschäftigt war, hörte ich die heisere Stimme hinter mir:
»Für mich nicht. Ich gehe gleich wieder.«
Doch die Kehle, aus der diese Worte kamen, schien ganz trocken zu sein. Mit mehrfachen Unterbrechungen und nur unter großer Anstrengung kamen die Laute hervor. Ich blickte mich überrascht nach dem Sprechenden um und blickte in ein junges fiebriges Gesicht.
»So können Sie nicht weitergehen«, widersprach ich bestimmt.
»Ich muß aber«, beteuerte er hastig und versuchte, sich zu erheben. Mit einem unterdrückten Stöhnen fiel er auf den Stuhl zurück.
»Verdammter Quatsch!« murmelte er und fuhr Entschuldigung suchend fort: »Hätte gar nicht hereinkommen sollen. Muß doch nach Hause. Sofort!«
»Ruhen Sie sich erst ein wenig aus, dann können Sie weitergehen. Hier, trinken Sie einen Schluck! Vielleicht hilft Ihnen das ein wenig.«
Der junge Mensch erhob seinen Arm, um die Tasse zu ergreifen. Dabei sah ich, daß sein Mantel an der rechten

Seite vollkommen zerfetzt war. Unter dem rechten Arm war ein dunkler Fleck.

Schon wieder Blut! Es scheint fast, als müßten wir uns an seinen Anblick gewöhnen. Damit der zerfetzte Mantel noch einigermaßen zusammenhielt, hatte der Soldat einen Strick um seinen Leib gebunden.

»Ist es schlimm?« fragte ich ihn und deutete scheu auf das zerfetzte Kleidungsstück.

»Bloß 'n Splitter. Wenn ich mir vielleicht 'ne Zigarette ...?« Er vollendete den Satz nur mit seinen fragenden Augen.

»Natürlich«, erlaubte ich hastig und schob ihm einen Aschbecher zu. Bald zog er gierig den Rauch ein. Seine Kraft schien mit jedem Zuge zu wachsen.

»Gestern war ich im Lazarett«, begann er mit geringerer Erregung. »Haben mir 'nen Verband umgewickelt. Platz hatten sie natürlich keinen für mich. Solange einer gehen kann, zählt er da nicht viel. – Soll sehen, daß ich weiter hinten unterkomme. Da habe ich mich an die Straße gestellt und auf ein Auto gewartet. Ich hatte Schwein. Fand eins, das gerade hierher fuhr. Aber unterwegs hatten wir 'ne Panne. Und ich konnte nicht warten, bis die Kiste wieder lief. Mußte doch nach Hause. Sofort!«

Dabei erhob sich der Verwundete und hielt sich am Tische fest, um ein nochmaliges Zurücksinken zu vermeiden.

»Hätte überhaupt nicht hier hereinkommen sollen«, meinte er und schüttelte unzufrieden seinen Kopf. »Wo es doch so eilig ist.«

»Was ist eilig?« wollte ich wissen.

»Daß sie die Pferde anspannen und fahren.«

»Wohin?«

»Nach Westen – immer nach Westen!«

»Und warum?« Mein Herz klopfte, als wollte es aus mir heraus.

»Weil der Krieg bald hier sein wird. Da vorn ist kein Halten mehr.«

»Aber vielleicht kommt es doch zum Stehen«, wagte ich einzuwenden.

»Nein, da ist kein Halten mehr«, beharrte er starrsinnig. »Wir sind zu wenige. Viel zu wenige.«

»Und wohin wollen Sie jetzt?«

Nun endlich erfuhr ich, der Jüngling sei aus unserem Dorf. Alsdann erkannte ich ihn auch: Es war der Große unseres Pfarrers.

»Sie bleiben hier!« befahl ich. »Uwe geht ins Dorf, sobald es hell wird, und holt einen Schlitten. Damit können Sie dann nach Hause fahren.«

Er fügte sich.

Zwei Stunden später holte der Vater seinen Jungen ab. Der Pfarrer sah übrigens viel älter aus als bei unserer letzten Begegnung. Aber die jetzigen Wochen werden wohl uns allen um ein Mehrfaches zugeschlagen.

Als ich schließlich an den See trat, um nach Osten zu spähen, stand die Sonne schon hell am Himmel. Und die Krähen waren nirgends zu sehen. Auch der See lag heute ganz verlassen da. Die Wanderung über das Eis scheint beendet zu sein. Sieht fast aus, als wäre es an der Front doch zum Stehen gekommen. Ich wäre sehr froh, könnte ich das glauben. Aber der junge Mensch von heute morgen ist anderer Meinung.

Ich werde mir allmählich ernsthaft überlegen müssen, was wir am dringendsten brauchen. Im Dorfe packen sie alle im Verborgenen. Der Bürgermeister will es nicht. Er sagt, wer an unseren Sieg glaube, dürfe nicht zur Flucht rüsten. Dabei hörte ich zufällig, wie die Frau Bürgermeister den Pfarrer bat, ihr einen Koffer zu leihen. Wozu braucht sie so plötzlich einen Koffer? Sie kann doch gar

nicht laufen, ohne sich nach zehn Minuten setzen zu müssen, weil ihr dann die Luft ausgegangen ist.
Es macht den Eindruck, als sei sich die Obrigkeit über unsere Lage auch nicht ganz klar und treffe Anstalten, privat zu handeln.
Ich habe den ganzen Tag darüber nachgedacht, was wir am aller-aller-dringlichsten brauchen. Dabei sind mir so viele Sachen eingefallen, daß mir ganz wirr im Kopf wurde. Ein Pferdewagen würde dazu nicht einmal ausreichen. Und wir haben nur einen Handwagen.
Ich werde eine Liste aufstellen. Sonst besteht die Gefahr, daß wir in der Eile gerade das Wichtigste vergessen.

Am 3. Februar 1945

Heute vormittag war ich wieder im Dorf. Dort haben sie einen Bürgermeister und einen Pfarrer und einen Lehrer, an die sie sich halten können, wissen sie einmal nicht mehr weiter. Deren Aufgabe ist es, immer zu wissen, wie es weitergehen soll. Und wenn die es nicht wissen, dann tun sie wenigstens so. Das kann ungemein beruhigend und wohltuend sein.
Wäre Uwe einige Jahre älter, könnte er mich belehren. Aber wenn die Größe der Ereignisse sogar über das Fassungsvermögen Erwachsener hinausgeht, kann man von einem zwölfjährigen Jungen kaum erwarten, er möchte ihnen gewachsen sein. Ich weiß wohl, Uwe wartet darauf, daß ich ihn an meinen Sorgen teilnehmen lasse. Wenn ich mich nun in diesen Tagen auch mancher Schwäche schuldig mache, aber dieser muß ich mich mit aller Kraft widersetzen. Ich übertrage dem Jungen häufiger als sonst kleine Aufträge, und er ist von frühem Stolz erfüllt, hat er dabei eine Mannesaufgabe bewältigt.

Im Dorf ruht alle gewöhnliche Arbeit. Keiner hat noch Lust, etwas an Dingen zu tun, die er vielleicht bald zurücklassen muß. Die Frauen füllen hinter verschlossenen Türen ihre sorgsam gehüteten Vorräte in transportable Behälter. Man kann ja nicht wissen, und auspacken kann man schnell wieder. Die wenigen Männer überprüfen ihre Schlitten und Wagen, schlagen hier einen Nagel ein und ziehen dort eine Schraube fest. Immer wieder finden sie etwas Verbesserungsbedürftiges. Manche haben aus Brettern Gestelle gezimmert und auf ihren Wagen befestigt, so daß diese nun bald aussehen wie kleine fahrbare Häuser.

Der einzige, der noch seine gewohnte Arbeit tut, scheint der Schmied zu sein. Er muß Pferde beschlagen. Mehr als sonst. Keiner der Bauern gibt natürlich zu, er bereite seine Pferde auf einen langen Weg vor. Dabei weiß das jeder vom anderen ganz genau. Sie stehen mit den Händen in den Hosentaschen neben dem Schmied und tun, als wäre alles in der üblichen Ordnung. In Wahrheit jedoch beobachten sie jeden Handgriff des Arbeitenden mit mißtrauischer Aufmerksamkeit, wollen sie doch unter keinen Umständen, daß ihr Fuchs oder ihr Rappe eines Tages lahmt, nur weil der Schmied geschludert hat. Und das gerade, wenn es auf das Tier ankommt, wie es noch nie darauf ankam.

Der Bürgermeister hatte einen sehr heftigen Streit mit einem Offizier. Seit heute ist nämlich eine Kompanie Soldaten im Dorf einquartiert. Der Bürgermeister wollte die Schule für die Soldaten nicht freigeben, doch der Offizier bestand darauf. Nun müssen die Flüchtlinge ausziehen, die dort bislang untergebracht waren. Der Bürgermeister mußte von einem Haus zum anderen, um die Obdachlosen wieder unter ein Dach zu bringen. Im Dorf ist man

natürlich wenig erfreut, so plötzlich fremde Menschen im Haus zu haben. Schon sind die ersten Diebstähle vorgekommen. Vielleicht war es ein Einheimischer, der sich die gelockerte dörfliche Ordnung zunutze machte, aber den Fremden werden sie zur Last gelegt. Und jeder gilt bei den Eingesessenen als Abtrünniger, der an der Eindringlinge Schuld zweifelt. Das Verhältnis zwischen den Hiesigen und den Fremden ist schon vom ersten Tag an von bitterer Feindschaft erfüllt. Es scheint überhaupt, daß die Menschen jetzt eine größere Kraft einsetzen, sich gegenseitig zu hassen als in gewöhnlichen Zeiten.
Der Pfarrer versucht, auch in diesen Tagen zu christlicher Nächstenliebe zu mahnen. Man hört ihn höflich an, weil ein Rest des alten Respektes vor dem geistlichen Amt auch heute noch besteht. Aber sobald der Mahner weg ist, erzählt irgendeiner, er habe gestern zufällig gesehen, wie die Frau Pfarrer einen großen irdenen Schmalztopf in einem Federkissen verpackte. Damit ist der Pfarrer als Schwindler und ganz gewöhnlicher Zeitgenosse entlarvt, dessen Mahnungen man kein besonderes Gewicht beizulegen brauche. Alles fällt jetzt auseinander. Jeder scheint nur noch an sich und an seine Rettung zu denken. Und jeder strebt danach, der Obrigkeit unerlaubten Egoismus nachzuweisen, um damit seinen eigenen rechtfertigen zu können.
Übrigens – und das ist die Hauptsache –, der Bürgermeister sagte, er habe zuverlässige Nachricht von oben, der Feind sei in einer großen Schlacht besiegt und zurückgeschlagen worden.
Ich gucke bei solchen Nachrichten immer nach den Gesichtern der Männer. Und die waren so, wie sie immer sind, wenn man einer Lüge Ehre widerfahren lassen muß, weil sie von oben kommt. In den letzten Jahren

habe ich solche Gesichter oft gesehen. Ich bin also nicht mehr ohne Übung in ihrer Deutung.

Nun weiß ich gar nicht, was ich tun soll. Packen oder schlafen? Ich denke, ich warte erst einmal bis morgen.

Habe ich übrigens schon geschrieben, daß unser Hund Pinsel spurlos verschwunden ist? Seit gestern nachmittag.

Das Tier war schon seit einer Reihe von Tagen völlig verändert. Während früher unser Haus der Mittelpunkt seines Hundelebens war, schien ihn in der letzten Zeit irgend etwas hinauszuziehen. Die allgemeine Unruhe zog ihn so stark an, daß er mehr draußen war als sonst, trotz der Kälte. Geduckt schlich er umher, wie bei einer Gefahr, die es geboten erscheinen läßt, möglichst klein zu sein. Mißtrauisch schnupperte er überall herum. Aber auch das geschah nicht mit der sonst bei ihm üblichen lebensfreudigen Neugier, sondern mit sichtlicher Unzufriedenheit. Mitunter setzte er sich auf den Holzhaufen am Schuppen und atmete die Luft erregt ein und aus, dann begann er wieder mit dem Beschnuppern der Dinge an der Erde. So konnte er es stundenlang treiben. Seit gestern haben wir ihn nicht mehr gesehen.

Am 4. Februar 1945

Pinsel ist immer noch nicht da. Die Kinder haben ihn überall gesucht – vergebens.

Sonst ist heute nichts von Bedeutung geschehen. Ob der Bürgermeister doch recht hat? Ich bin so mißtrauisch gegen die Behörden geworden. Dabei wäre es doch viel schöner, glauben zu können, sie seien so unfehlbar, wie sie zu sein behaupten.

Die Soldaten liegen noch in der Schule. Es sind alte und

junge durcheinander. Anscheinend hat man sie irgendwo kürzlich in aller Eile zusammengerafft, um sic dem vordringenden Feinde entgegenzuwerfen. Ihre Uniformen sind beschmutzt und an vielen Stellen geflickt. Ihre Gesichter sind ohne Hoffnung, trotz der vielen Ordensbänder auf ihren Jacken.

Ja, ihre Gesichter! Wie die reden!

Unsere Regierung hat den Soldaten noch nicht verbieten können, Gesichter zu haben, obwohl die das Gegenteil von dem sagen, was sie uns sagt. Nein, so mächtig sind unsre Herren doch nicht, daß sie jedes Augen-Zusammenkneifen oder jedes Herabziehen der Mundwinkel oder jedes Rümpfen der Nase in ihrer Gewalt hätten.

Ein junger Mensch sprach mich heute vor der geschlossenen Post an. Er hielt einen Brief in der Hand und wollte gern wissen, wann der Briefkasten geleert würde. Ich konnte es ihm auch nicht sagen. Die bisherige Ordnung gilt doch nicht mehr.

»An meine Mutter«, sagte er und wippte leicht mit dem Brief auf und ab. Doch das leichtfertige Wippen paßte überhaupt nicht zu seinem Gesicht.

»Von ihrem letzten Jungen«, fügte er hinzu, blickte eine Weile verloren auf den Brief und prüfte, ob der Umschlag auch fest zugeklebt sei. »Drei sind schon weg. Soll von ihrem letzten wenigstens noch einen Wisch haben. – Da möchte ich natürlich gern wissen, ob der hier überhaupt noch rausgenommen wird.«

Ich konnte ihm keine Zusicherungen geben. Da warf er den Brief kurz entschlossen in den Kasten, zuckte mit den Schultern und ging. Ich guckte ihm nach, bis er in der Schule verschwand; war mir doch, als müßte er sich noch einmal nach dem Brief umdrehen. Aber er tat das nicht. Und nun werde ich sein Gesicht nicht los. Das war ohne

jede Hoffnung und voll Todesbereitschaft. Doch die Todesbereitschaft war nicht so, wie das in unserer Zeitung steht: voll von einer großen Sache, der sich unsere Jugend freudigen und starken Herzens opfert. Nein, müde war sie, erschütternd müde. Ein Satz stand darin über allem. Ein ganz unjugendlicher Satz: Man kann nichts dagegen machen. Und bei solchen Gesichtern sollen wir Frauen noch an den Sieg glauben?
Ich werde nun doch die Liste über die mitzunehmenden Sachen schreiben. Das Gesicht sagt mir, es wird richtig sein.

Am 5. Februar 1945

Heute ist eine Karte von Knud eingegangen. Ich bin sehr glücklich darüber, weiß ich nun doch, daß Knud wenigstens beim Schreiben noch gesund war.
Auch ihm ist in diesen Tagen eine schwere Prüfung auferlegt. Weit östlich von hier ist er vom Feind eingeschlossen. Die Verbindung zur Heimat wird nur durch Flugzeuge aufrechterhalten. Die Karte ist von Sorgen um uns erfüllt. Knud rät mir dringend zur Flucht, sollte der Krieg auch auf unser Gebiet übergreifen. Wahrscheinlich sah er so viele furchtbare Dinge in anderen Ländern, daß er uns Ähnliches auf alle Fälle ersparen möchte.
Ich weiß nun genau, was ich zu tun habe. Gestern abend noch habe ich die Liste geschrieben. Aber sie ist viel zu umfangreich geworden. Vier Seiten lang. Und alles scheint mir unentbehrlich zu sein. Es fällt mir so schwer, das eine oder das andere zu streichen. Jeder Strich kostet mich erst einen stundenlangen Kampf, kann es doch sein, daß sich hernach gerade das Gestrichene als das Allernotwendigste herausstellt. Hätte ich ein Pferdegespann

zur Verfügung, so brauchte ich mich nicht mit einer Kürzung unserer Liste zu quälen. Doch unser Handwagen faßt kaum die Federbetten. Und die muß man doch unbedingt haben. Vielleicht quäle ich mich ganz unnötig mit den Erwägungen, was am leichtesten zu entbehren sei, denn auch heute hat sich nichts Bedrohliches zugetragen. Vielleicht gelingt es wirklich, den Krieg an unseren Grenzen zum Halten zu bringen, wie uns die Zeitungen versichern.

Insgeheim sagt mir allerdings eine leise Stimme etwas anderes. Der Satz aus der Bibel, wonach der durch das Schwert umkommen soll, der es ergreift, will mir heute morgen nicht aus dem Sinn. Es scheint fast, als sollte sich an uns die alte biblische Warnung erweisen.

Wie merkwürdig das nun wieder ist. Seit vielen Jahren habe ich nie an die Bibel gedacht. Und nun drängt sie sich so unabweisbar in mein Bewußtsein, daß ich mitunter ganz unter ihrem Eindruck stehe. Auf eine unfaßliche Weise hat sie sich aus dem Dunkel erhoben, wo sie von meinen Vorfahren her ein verborgenes und ernstes Dasein führte. Und es mutet fast an, als wolle sie sich in derselben herrschsüchtigen Art über mich setzen, wie sie sich einst über meine Vorfahren setzte. Doch ich kann mich ihr nicht unterwerfen. Ich kann nicht eine fremde Macht über mich herrschen lassen, von der ich nicht weiß, ob sie meinen Kindern Gutes oder Böses bringt.

Wenn doch wenigstens Knud da wäre.

Einige Stunden später

Der Schulunterricht fällt seit einigen Tagen aus, da die Schule anderweitig gebraucht wird. Uwe hatte infolgedessen Zeit, den ganzen Tag lang Pinsel zu suchen. Morgens ging er weg und kam erst am Abend zurück. Ich hatte schon Angst, es sei ihm etwas zugestoßen. Eigentlich wollte ich den Jungen strafen, aber ich brachte es schließlich doch nicht übers Herz. Man muß berücksichtigen, daß ihm das Tier am nächsten gestanden hat. Und nun diese Treulosigkeit! Die konnte der Junge nicht so mir nichts dir nichts verwinden.

Uwe hat im Wald und im Dorf gesucht. Spuren sah er mehrfach, von denen er behauptet, sie seien von Pinsel. Aber so oft er sie auch aufspürte, immer wieder verlor er sie irgendwo, in einem Schneehaufen oder auf einem Fahrweg. Weil an Hand der Spuren nicht festzustellen war, wo der Hund geblieben sein mochte, ging Uwe ins Dorf. Da war Pinsel nicht unbekannt, war er doch oft zum Einkaufen mit uns dorthin gegangen.

Ja, er war von manchem Jungen gesehen worden. Aber keiner konnte sagen, wo er sich jetzt aufhielt. Jeder hatte ihn nur flüchtig wahrgenommen. Schließlich erfuhr Uwe, das Tier käme regelmäßig mittags zur Essensausgabe an die Flüchtlingsküche.

Uwe wartete dort, und Pinsel kam wirklich. Uwe ließ ihn nahe herankommen, um ihn dann zu fassen. Doch der Hund biß nach ihm. Das war noch nie geschehen. Der Junge zeigte mir voll tiefer Trauer die leichte Bißwunde. Ganz klar war dabei, daß Uwe der Vertrauensbruch viel schmerzlicher war als die harmlose Verletzung.

Uwe hatte dann den Eindruck, als sei der Hund nach dem Wald gerannt, aber er konnte das nicht mit Sicherheit sagen. Der Junge wird damit wohl recht haben, denn in der vorigen Nacht hörte ich Hundegebell aus dem Wald, nicht weit von unserem Haus entfernt. Ich habe wohlweislich zu Uwe nicht davon gesprochen, sonst ist der Bengel imstande und strolcht noch nachts draußen herum.

Am 6. Februar 1945

Es war alles Täuschung, die Ruhe der letzten Tage.

Wir brauchen jetzt nicht mehr nach den Krähen über dem See zu gucken, auch nicht nach den schwarzen Punkten, die sich langsam von Osten nach Westen über das Eis bewegen. Wir brauchen nur unsere Ohren urteilen zu lassen. Die betrügen uns nicht. Wir brauchen nicht einmal mehr vor die Tür zu gehen oder das Fenster zu öffnen. Seit heute morgen hören wir den Krieg ganz unmißverständlich. Sein dumpfes Wummern dringt gewalttätig und unabweisbar in unsere Küche.

Die Männer im Dorf sagen, das sei von den Kanonen.

Doch ich will der Reihe nach erzählen:

Heute morgen gegen vier wachte ich auf. Sofort war ich hellwach. Das passiert mir sonst nur, ist mit den Kindern irgend etwas nicht in Ordnung. Wenn sich Jutta bloßgestrampelt hat, so daß Gefahr besteht, sie könne sich erkälten, oder wenn Dieter, unser drittes, im Schlaf stöhnt, weil er »eigentlich mal muß«.

Augenblicklich war mir, als zwinge mich eine Pflicht zu Wachsein und Handeln. Ich schaltete Licht ein. Mit den Kindern war jedoch alles in Ordnung. Sie lagen so friedlich und unbekümmert in ihren Betten, daß ich wünschte, Knud könne sie nur einen Augenblick lang so liegen sehen – alle vier.

Als ich das Licht wieder ausdrehen wollte, sah ich Uwes große Augen fragend auf mich gerichtet.

»Mach das Licht lieber aus, Mutti«, flüsterte er. »Dann hört man das besser.«

»Was?« fragte ich, und wußte genau, daß mir nun die Antwort werde, vor der mir so unsagbar graute.

»Lege dich ruhig hin, das ist noch weit weg.«

Ich knipste das Licht aus und legte mich wieder ins Bett. Und nun brauchte ich nicht lange zu warten.
Während ich mir noch überlegte, ob das Wummern nicht doch eine harmlose Bedeutung haben könnte, begann Uwe wieder.
»Hörst du, Mutti?« fragte er mit unterdrückter Erregung aus seinem Bett. »Trommelfeuer sagen die zu so was. Das steht in meinem Buch mit den vielen bunten Bildern.«
»Das wird etwas anderes sein, Uwe. Vielleicht ein Lastauto im Dorf«, mühte ich mich, ihn zu beruhigen.
»Lastauto!« wiederholte er geringschätzig und stieß die Luft verächtlich durch die Nase. Ich wußte, daß er jetzt gekränkt war, weil ich ihm wieder eine Last vorenthalten wollte, die mir für seine Schultern zu schwer schien.
»Ich werde heute morgen ins Dorf gehen und mich erkundigen, was los ist«, sagte ich. Und um die Kränkung aus seinem Gesicht zu wischen, fügte ich hinzu: »Du kannst mitgehen, wenn du willst.«
»Ja, aber zum Bürgermeister nicht, Mutti.«
»Warum nicht?«
»Weil der doch bloß schwindelt. Das sagen alle im Dorf. Der muß immer erzählen, daß wir siegen, sonst setzen die ihn ab. Dabei hat er gestern einen Hammel geschlachtet. Den will er in Salz legen und mitnehmen.«
»Woher weißt du denn das?« erkundigte ich mich abweisend, denn ich liebe es nicht, die Kinder an der Mißgunst Erwachsener zu beteiligen.
»Weiß jeder im Dorf. Und der Rudi vom Bürgermeister hat das doch gestern ganz offen allen erzählt. Gestern beim Spritzenhaus.«
»Na – ist gut. Wir werden uns überall umhören: bei der Post, beim Schmied, vor der Schänke und –«
»Wo denn noch, Mutti?«

»Beim Pfarrer vielleicht.« – »Bei dem?« – »Ja – bei dem!« – »Brauchen wir eigentlich nicht. Was der sagt, weiß ich aus dem Religionsunterricht ganz genau. Der hat auf alles nur zwei Antworten.«
Ich schwieg, hoffend, mein Schweigen werde den Jungen davor bewahren, etwas Abträgliches über den Pfarrer zu sagen. Doch Uwes Gründlichkeit duldete auch nachts keine Halbheiten.
»Erst sagt er stets: Das müssen wir Gott überlassen, mein Sohn«, begann Uwe wieder. »Und wenn etwas schief gegangen ist, sagt er immer: Das liegt nur am Unglauben, mein Sohn. –
Damit weißt du noch lange nicht, was du gegen die Kanonen tun sollst, Mutti.«
»Jetzt schlafe weiter, Uwe. Sonst werden die anderen auch noch wach.«
»Ja«, sagte er folgsam, und ich hörte, wie er sich zum Schlafen zurechtlegte. Aber er konnte keine Ruhe finden. Er hatte seine Gedanken noch nicht zum Schluß geführt.
»Du, Mutti«, flüsterte er bittend. »Nicht böse sein. Ich muß dich bloß noch was fragen, dann schlafe ich auch ganz bestimmt.«
»Was denn?«
»Wenn wir nun wirklich ganz fest an Gott glauben und ihn bitten, daß er die Kanonen wegschickt – ob die dann wirklich gehen?«
»Wir wollen es hoffen, Uwe.«
»Das kann doch gar nicht sein, Mutti.«
»Warum denn nicht?« fragte ich so obenhin wie nur möglich.
»Weil auf der anderen Seite auch welche darum bitten. Und wohin soll er dann die Kanonen schicken?«

Ich überlegte, was wohl der Pfarrer auf eine solche Frage antworten könnte. Wahrscheinlich würde er sagen:
»Im Reich Gottes gibt es keine Kanonen«, oder: »Das müssen wir ihm selbst überlassen, mein Sohn.«
Doch solche ausweichenden Antworten verfingen bei Uwe nicht.
Das würde seinen Wahrheitsdrang, der ohne Respekt und ohne Höflichkeit war, nur noch mehr anstacheln. Deshalb schien es mir richtiger, meine Unkenntnis einzugestehen.
»Ich weiß es nicht, mein Junge. Wir wissen zu wenig von ihm.«
»Aber es muß doch jemanden geben, der das weiß, Mutti.«
»Es gibt Dinge, die niemand weiß. – Aber nun schlafe!«
Uwe war sehr unzufrieden mit seiner Mutti und schwieg. Trotz aller beunruhigenden Gedanken schlief er bald ein. –
Jetzt ist es schon sehr spät. Ich schreibe immer abends, wenn die Kinder im Bett sind und ich doch noch nicht schlafen kann.
Es ist schon nach ein Uhr. Ich will nur noch kurz erzählen, was wir im Dorf erfuhren:
Ich war mit Uwe heute vormittag dort. Zum Pfarrer sind wir nicht gegangen. Ich wollte nicht, daß der Junge dessen verlegene Ohnmacht sähe.
Wir brauchten auch die Autoritäten gar nicht. Die Neuigkeiten drängten sich uns entgegen, ohne sich erst lange suchen oder erfragen zu lassen.
Die Unsrigen sind wieder geschlagen worden. Sie haben sich zurückziehen müssen und versuchen, sich bei A. erneut festzusetzen. Die Front ist also jetzt nur noch 20 Kilometer von hier entfernt.
Das war die nackte, erbarmungslose Wahrheit. Den Bür-

germeister mit seinem Wunder, das zu unserer Rettung aufgeboten sei, nimmt kein Mensch mehr ernst.
Alles packt. Und der Bürgermeister weicht nur dadurch von den allgemeinen Vorbereitungen ab, als er sie hinter verschlossenen Türen trifft. Zufällig öffnete sich bei ihm das Scheunentor, während ich vorüberging. So konnte ich sehen, wie sie dabei waren, ihren großen Pferdewagen zu beladen.
Wer fertig ist mit Packen, streift entweder auf seinem Hof herum, sich vergewissernd, daß man nicht das Wichtigste zurückließ, oder er stellt sich überall hin, wo zwei Menschen zusammenstehen, hoffend, gute Neuigkeiten zu empfangen. Die Soldaten, die vom Osten kommen, genießen jetzt eine gesteigerte Bedeutung. Und es kommen allerlei hier durch. Kampfunfähige und Kampfunlustige. Die Herumstehenden durchbohren sie fast mit ihren Fragen, und sie hängen dann an den Lippen der Befragten, als spräche das Schicksal selbst. Sie wollen doch so gern hören, daß der Feind geschlagen ist, so sehr geschlagen, daß sie zu ihren Wagen gehen und wieder auspacken können.
Aber das erzählt ihnen niemand. Gerade als ich im Dorf war, kam ein Trupp Verwundeter hindurchgewankt. Ein Offizier war bei ihnen. Der war genau so verdreckt, und seine Uniform war genau so zerfetzt wie die seiner Leute. Man mußte schon sehr genau hingucken, um überhaupt einen Offizier in ihm erkennen zu können. Man hatte sie doch ganz anders in Erinnerung: leuchtend, sieghaft, stark und – elegant. Nicht nur die Mädchen im Dorf hatten begehrlich hinter ihnen hergeguckt.
»Hat denn keiner 'ne Zigarette?« fragte der Offizier. Man gab ihm eine. Er ging in den Schutz eines Hauses, um sie anzuzünden.

»Die machen uns jetzt fertig«, meinte einer, dem sickerte das Blut durch seinen Kopfverband. Mit seiner dreckigen Hand deutete er lässig nach Osten.
»Da bleibt kein Grashalm heil«, sagte der zweite, der einen strahlendweißen Verband um seinen rechten Arm trug und dessen Sauberkeit den übrigen Schmutz nur noch deutlicher machte.
»Die pflügen jetzt die Erde mit Granaten um«, ergänzte ein dritter, der hatte mit unzeitgemäßer Beschwingtheit seinen Mantel über die Schulter geworfen. Doch als der bei der Rede ein wenig verrutschte, sah man, daß darunter ein dicker Schulterverband verborgen war.
»Manchmal ist das, als wollten sie die Erde einfach umwenden«, vervollständigte ein vierter, und der stützte sich schwer auf einen Knüppel.
»Wie da mal wieder was wachsen soll!« bedachte kopfschüttelnd ein fünfter. Der war am ältesten und sah trotz der Uniform aus wie ein Bauer.
Die Dörfler hörten sich das mit weitgeöffneten Gesichtern an, dumpf und ohne sichtbare Zeichen inneren Widerstandes. Das lag wohl daran, daß sie seit vielen Jahren dazu erzogen worden waren, sich einem Mächtigeren unterzuordnen – ohne Fragen und ohne Vorbehalte. Schließlich erkundigte sich der Schmied, der mit seinem schweren Hammer dabeistand:
»Und wann werden sie hier sein?«
Eine bedrückende Pause entstand.
»Es ist nur, weil man vorher noch Verschiedenes zu erledigen hat«, entschuldigte sich der Frager.
»Weiß keiner«, meinte bedächtig der Ältere, der ein Bauer zu sein schien. »Wenn ich's wäre, ich gäbe meinen Pferden jetzt jeden Tag 'ne doppelte Ration Hafer. Kann sein, daß die noch 'nen weiten Weg vor sich haben.«

Der Schmied nickte und blieb weiter bei uns stehen. Er hoffte wohl, doch noch etwas Genaueres zu erfahren.

»Das Wunder?« meinte da ein Junger fragend und blickte sich Bestätigung suchend im Kreise um. Da alles ungläubig und abweisend schwieg, fuhr er ein wenig betreten und mit leichter Unsicherheit fort:

»Steht doch in der Zeitung, daß sich alles wenden wird.«

»Zeitung!« sagte der mit dem Verband um den Arm verächtlich, wandte sich um und ging. Die anderen folgten ihm, ohne sich um den Offizier zu kümmern, der an dieser Formlosigkeit anscheinend nichts Besonderes fand. Ohne zu grüßen, stapfte er hinter seinen Leuten her. Und nirgends standen die Mädchen und Frauen hinter den Gardinen verborgen und warfen ihm heiße Blicke nach.

Nur der Junge stand noch bei uns mit seinem Glauben an das Wunder. Hilflos und trotzig. Und es war, als müßte sich etwas ereignen, dem Jungen zuliebe. Als wäre der Jüngling nur deshalb in den dumpfen Kreis der Dörfler gestellt. Augenscheinlich suchte er nach etwas, um sein zu Boden getretenes Wunder wieder zu Glanz und Ansehen erheben zu können. Schließlich flüsterte er mit fiebriger Stimme:

»Und es kommt doch!«

Die Umstehenden verharrten in regungslosem Schweigen und mit stumpfen Gesichtern.

Da wandte sich der Junge ab und ging. Seine Verwundung erschwerte es ihm sehr, mit geradem Rücken von uns zu gehen. Doch er schaffte es.

Ich hatte den peinigenden Wunsch, seine Mutter möchte aus einem der angrenzenden Häuser treten, ihn an der Hand nehmen und ihn mit seinem zertretenen Glauben nach Hause führen.

Aber es ist den Müttern in unseren Tagen nicht erlaubt,

ihre Söhne bei der Hand zu nehmen und nach Hause zu holen.
Wir sahen dem Jungen nach, bis er unseren Blicken entschwand. Dann bröckelte einer nach dem anderen aus unserem Kreise ab. Zuletzt standen nur noch der Schmied, Uwe und ich da.
»Feierabend!« sprach der Schmied langsam und mit schmerzlichem Ausdruck, nahm seine Lederschürze ab, wickelte seinen Hammer hinein und klemmte das Bündel unter den Arm. Als er von uns ging, sah er aus, als sei er plötzlich um zehn Jahre gealtert.
»Willst du nun einen Schlitten nehmen oder den Wagen, Mutti?« fragte es mit heller Stimme neben mir und brachte mich zu den harten Anforderungen des Tages zurück.
Während wir durch den verschneiten Wald heimwärts gingen, beratschlagten wir, ob man einem Schlitten oder einem Wagen den Vorzug geben müsse. Uwe schlug schließlich vor, den Wagen auf dem Schlitten festzubinden. Er will versuchen, ob ihm das gelingt. Das scheint mir ein sehr praktischer und glücklicher Einfall zu sein.
Es ist jetzt zwei Uhr nachts. Ich hoffe, nun endlich schlafen zu können.
Gerade bellte Pinsel wieder. Näher als in den letzten Nächten. Ich muß einmal nachsehen, ob er etwa herein will. – Ich bin draußen gewesen. Er kam nicht, obwohl ich das deutliche Gefühl hatte, daß er irgendwo in der Nähe war und mich beobachtete. Sonderbar! Was mit dem Tier nur plötzlich los ist?
Das ist beinahe ebenso rätselhaft wie sein erstes Erscheinen bei uns. Damals, als Knud noch im Haus war – vor dem Krieg. Eines Morgens hatte er vor unserer Tür gelegen und kam in die Küche, sobald die Tür geöffnet wurde.

Dort legte er sich zum Schlafen unter den Herd, als wäre ihm dieser Platz von Geburt an zugewiesen.
Ich werde ihm einen Napf mit Futter vor die Tür stellen.

Am 7. Februar 1945

Es ist acht Uhr abends. Soeben habe ich die Kinder ins Bett gebracht. Sie haben sich bereits so an das ferne Wummern gewöhnt, daß sie ruhig und unbesorgt schlafen. Besonderes habe ich heute nicht zu verzeichnen. Das beängstigende ferne Donnern währte den ganzen Tag über. Zuletzt war es mir dermaßen vertraut, daß ich den Kopf zwischen die Schultern zog, setzte das Geräusch einmal für einige Augenblicke aus. Das schien dann, als wäre eine alte bekannte Gefahr von einer neuen verdrängt worden, und es wäre keineswegs sicher, ob die neue nicht schlimmer sei, als die alte es war.
Jetzt lassen sich häufiger Flugzeuge sehen. Uwe meint, das wären feindliche. Er hat, wie alle Jungen unserer Zeit, den Ehrgeiz, etwas von Flugzeugen verstehen zu wollen.
Bislang haben sie uns noch nichts Böses zugefügt. Aber dennoch ist das Gefühl, es sei ihnen eine große Macht zum Bösen gegeben, so stark, daß ich heute in unserem Keller eine Wand freiräumte und einige Kisten zum Sitzen hinstellte. Man kann nicht wissen, ob man nicht doch einmal gezwungen wird, dort Zuflucht zu suchen. Und dann ist es nicht gut, muß man erst mit dem Aufräumen des Kellers beginnen.
In der vorigen Nacht sollen sie A. bombardiert haben. Die Leute von dort kamen hier durch. Manche hatten nur ihr nacktes Leben gerettet. Andere trugen einige Habseligkeiten bei sich, in Rucksäcken, Koffern oder Kartons.

Flüchtig zusammengerafft. Einige zogen Schlitten hinter sich her, manche Handwagen. Sie erzählten, in A. sei kaum ein Haus heil geblieben. Wie viele Menschen tot oder verletzt unter den Trümmern lägen, das wisse niemand. Fremde Kinder irren in unserem Dorf umher. Man sagt, ihre Mütter seien in A. umgekommen.
Gerade jetzt fliegt wieder ein Flugzeug über uns. Es ist sehr tief. Ob ich die Kinder wecke?
Wie nervös ich bin. Natürlich ist es, ohne Schaden anzurichten, über uns hinweggeflogen.

Kurze Zeit später

Es hat eine Detonation in der Nähe gegeben. Die Fensterscheiben klirrten, und die Türen sprangen auf. Ich bin mit den Kindern schnell in den Keller gestürzt. Da sitzen wir jetzt, und die Kinder sind mehr neugierig als ängstlich.

Einige Stunden später

Der ersten Detonation sind noch viele andere gefolgt. Noch immer sitzen wir im Keller. Ich weiß nicht, wie spät es ist. Mir ist noch keine Nacht so lang erschienen wie diese. Ich habe jedes Zeitgefühl verloren. Fortwährend war mindestens ein Flugzeug in unserer Gegend und warf Bomben. Von Gegenwehr war überhaupt nichts zu spüren. Unsere Dörfer brennen über und über – wohin man auch guckt. Dort, wo A. liegt, brennt es wohl noch von der vorigen Nacht. Der Horizont im Osten ist eine einzige feurige Kette. Dort ist die Front.
Nun schlafen die Kinder, trotz der in den Dörfern fallenden Bomben.

Übrigens: Der Teller, den ich in der vorigen Nacht für Pinsel vor unsere Haustür stellte, war heute morgen vollkommen leer. Das Tier ist also doch in der Nähe. Weshalb es nur nicht mehr ins Haus kommt?

Am 8. Februar 1945

Was hat sich heute alles ereignet!
Es fällt mir schwer, den Tagesablauf in seiner Verwirrung und Überwältigung wieder heraufzubeschwören.
Es fing damit an, daß ganz plötzlich Ruhe eintrat. Das ist nun etwas ganz Besonderes mit der Ruhe, die nach einer Nacht eintritt, in der ringsum unaufhörlich Bomben fielen. Ich habe noch nie in meinem Leben gefühlt, wie unerträglich sie sein kann. Das ist, als ob plötzlich alles Leben gerinnt.
Da man aber die Stille nicht völlig über sich Herr werden lassen will, erhebt man sich mit Mühe, gibt sich einen harten Ruck und findet endlich den Weg aus dem Keller nach oben. Draußen vor der Tür stößt der Fuß an etwas Weiches, Zottiges. Man bückt sich und läßt das Zottige entsetzt wieder fallen. Schließlich findet man doch die Kraft, den Fall näher zu untersuchen.
Dabei ergibt es sich, daß dem Hund der Bauch aufgerissen worden war, und daß er sich offenbar mit seiner letzten Kraft und mit heraushängendem Gedärm hierher schleppte. Dann faßt man das Tier vorsichtig, um sich nicht zu beschmutzen, und verbirgt es unter dem Stroh hinter dem Schuppen, damit den Kindern dieses Wiedersehen erspart bleibt. Besser, sie behalten es als treulosen Landstreicher in Erinnerung.
Danach geht man einige Schritte vom Haus weg, um freiere Sicht zu haben. Und dann sieht man wieder überall

die rötlichen Flecke am Himmel, überall, wo sonst Städte und Dörfer lagen. Durch die aufsteigende Morgendämmerung werden sie ein wenig gemildert, so daß sie nicht mehr ganz so grell und gefährlich erscheinen wie in der vergangenen Nacht.
Der Wind hat sich gedreht. Er treibt dicke und dunkle Rauchwolken vom Dorfe her nach Osten.
Als ich mir gerade überlegte, ob ich die Kinder für eine Stunde ihrem Schlaf allein überlassen könnte, um mich im Dorf zu vergewissern, was dort vor sich geht, hörte ich wieder Uwes Stimme neben mir.
»Ich werde den Schlitten fertigmachen, Mutti«, meinte er. »Aber das weiße Kaninchen muß auch mit.«
Ich nickte und sagte ihm, ich müsse für kurze Zeit ins Dorf und sei bald wieder zurück.
»Ist gut, Mutti. Ich passe schon auf«, versicherte er, und ich ging.
Das Dorf!
Mein Gott! Mußte wirklich erst ein Krieg kommen, um uns fühlen zu machen, wie vergänglich alles Irdische ist? Die Kirche brennt, das Pfarrhaus auch. Ein Stück davon entfernt schlagen die Flammen aus der Schule. Der Hof des Bürgermeisters, der größte und schönste des ganzen Dorfes, schwelt nur noch. Der Bürgermeister hat seinen fluchtbereiten Wagen im letzten Augenblick aus der Scheune ziehen und seine Familie daraufsetzen können. Ohne seiner Gemeinde eine Anweisung zur Bewältigung des Wirrwarrs zu hinterlassen, ist er davongefahren.
Alles, was fluchtfertig war, folgte dem bürgermeisterlichen Beispiel, spannte an und fuhr hinweg. Tote Menschen und Tiere blieben zwischen den Trümmern, auf den Straßen, auf den Wiesen und in den Gärten liegen.

Niemand achtete ihrer. Das Lebende kannte nur noch das eine Streben, selbst am Leben zu bleiben.
Die Scheune des Schmiedes traf ein Volltreffer. Sie brannte im Nu lichterloh. Gestern abend war sie bis auf den letzten Winkel vollgestopft worden. Frauen, Kinder und alte Männer, Flüchtlinge!
Das allgemeine Chaos wurde noch dadurch gesteigert, daß die Menschen aus den weiter ostwärts gelegenen Dörfern mit ihren Gespannen trotz des herrschenden Tumultes durch das Dorf ziehen mußten, wollten sie nicht vor ihm kampieren und wertvolle Stunden verlieren.
Am Spritzenhaus stand ein zusammengebrochenes Gespann. Zwei Pferde mit aufgerissenen Leibern hingen noch in den Geschirren, und vor ihnen lag, als wolle er sie noch im Tode zur Mäßigung beschwören, mit weit ausgebreiteten Armen – wie ein Kreuz – ihr Herr.
Der Pfarrer ist auch weg. Unser alter Lehrer, der seit jeher mit ihm auf gespanntem Fuße lebte, meinte bissig:
»Er hörte den Ruf Gottes aus dem Westen. Und er hätte es für frevelhaften Ungehorsam gehalten, sich ihm zu widersetzen.«
Als ich nicht antwortete, fügte er ein wenig milder hinzu:
»Na ja, sind eben auch nur Menschen – die Pfaffen. Ist wohl unser Fehler, immer von ihnen zu erwarten, daß sie mehr wären.«
Nach dieser Selbstkritik fuhr er jedoch gleich darauf in seiner alten Kampflust fort:
»Er wird jetzt den göttlichen Beistand dorthin tragen, wo er zwar nicht so sehr gebraucht wird, wo es dafür aber weniger gefährlich ist, ihn zu gewähren. – Muß ja sagen, halte auch liebe Schule, wo ich nicht zu befürchten brauche, daß mir beim Einmaleins das Dach auf den Kopf fällt.«

Der Lehrer scheint übrigens der einzige zu sein, der in dem Tumult Ruhe und kühle Überlegenheit bewahrt. Er will hierbleiben. Mit diesem Entschluß steht er ganz allein.

»Einer muß schließlich aushalten«, meinte er Entschuldigung suchend. »Es kann noch Tage dauern, bis sie hier sind. Und einer muß doch bis dahin nach dem Rechten sehen.«

Wir blickten beide dem letzten Gespann nach, das unser Dorf verließ.

»Und Sie?« fragte er mich.

»Ich weiß es nicht«, gestand ich, und ich hoffte, er möchte mir die Entscheidung ein wenig erleichtern. Aber er tat das nicht.

»Mit Mann und Roß und Wagen
hat sie der Herr geschlagen –

kennen Sie wohl noch von Ihrer Schulzeit her? Habe ich vierzig Jahre lang alljährlich meine Schüler lernen lassen. Konnte nicht ahnen, daß ich das mal mit eigenen Augen auf unserer Dorfstraße ...«

Er vollendete den Satz nicht, wandte sich um und ging langsam davon. Ich rannte nach Hause.

Im Walde begegneten mir einige Tanks, die ostwärts fuhren. Vor unserem Hause traf ich zwei Soldaten. Die gehörten zu den Tanks und hatten bei uns Wasser geholt.

»Wird wohl hier bald losgehen«, antworteten sie auf meine Frage und fügten resigniert hinzu:

»Ist doch alles Quatsch. Wo eine Kiste von uns steht, stehen zehn von denen.«

Dann entfernten sie sich mit ihren Wassereimern. Ich eilte ins Haus, hieß die Kinder sich anziehen und setzte Kaffee auf. Bald schlugen die ersten Granaten in den Wald. In höchster Eile packten wir die nötigsten Sachen

auf unseren Handwagen, den Uwe schon auf den Schlitten gebunden hatte, setzten Jutta obenauf und fuhren so schnell wir konnten westwärts.
Am Waldrand verpusteten wir uns. Dabei bemerkte ich zu meinem Schrecken, daß Uwe fehlte. Ich rief laut nach ihm. Keine Antwort. Ich schrie. Die Kinder schrien mit. Immer noch keine Antwort.
Ich zitterte am ganzen Körper vor Furcht. Was sollte ich tun? Die drei hier allein zurücklassen, gerade jetzt, wo die Vernichtung über den Wald ging? Oder weiterfahren? Und damit Uwe im Stich lassen? Nein, das ging auch nicht. Ich befahl den dreien, unter allen Umständen zu warten, bis ich zurückkäme. Wieder eilte ich unserem Hause zu. Auf halbem Wege kam mir Uwe entgegen. Er trug einen Sack auf dem Buckel und war vollständig außer Atem.
»Ich hatte doch das weiße Kaninchen vergessen, Mutti«, keuchte er. Ich nickte schweigend. Wir rannten zusammen nach dem Waldrande, wobei wir uns mehrmals hinwarfen, weil wir wähnten, die Vernichtung ziele nach uns. Schließlich sahen wir die drei. Sie hatten sich ängstlich unterm Schlitten verkrochen.
Gegen Abend trafen wir in U. bei Bekannten ein. Wir dürfen heute nacht hier auf Stroh in der Küche schlafen.

Am 10. Februar 1945

Nun sind wir schon den zweiten Tag hier. Unsere Bekannten drängten mich, doch einstweilen zu bleiben, und ich gab dem Drängen nur zu gern nach.
Es ist wahrhaft rührend, wie sich die Kinder bemühen, mir in dieser Lage möglichst wenig Ärger und Verdruß zu bereiten und wie sie sich mit ihren unzulänglichen Kräften befleißigen, mir zu helfen.

Sie begreifen noch nicht den Ernst unseres Weges, und ich strenge mich sehr an, ihnen trotz allem ein frohes und gefaßtes Gesicht zu zeigen. Die vier unterliegen vollauf dem Reiz des Neuen. Alles muß untersucht werden. Überall liegen Geheimnisse, die entschleiert sein wollen. Uwe ist dabei der unbestrittene Anführer. Ich muß zuweilen recht hart werden, um diesen ungestümen Forscherdrang, der anderen Menschen so leicht auf die Nerven fällt, in erträgliche Grenzen zu bannen. Doch das gelingt mir nicht immer. Jetzt stehen die vier vor dem Hause auf der Straße und sehen den Trecks zu, die fast ohne Unterbrechung westwärts über die vereiste Straße ziehen.
Die Männer laufen mit Peitschen neben den erschöpften und dampfenden Pferden her. Im Stroh auf den Wagen haben sich die Frauen und Kinder verkrochen. Reif hängt an den Nüstern der keuchenden Tiere, und die Männer blicken mit Sorge auf sie. Denn von der Gesundheit und Kraft der Pferde hängt jetzt das Schicksal der ganzen Familie ab.
Bislang standen die vier vor unserem Fenster und beobachteten das ungewöhnliche Treiben. Nun eilen sie auf den umgestürzten Wagen zu, der im Straßengraben, gerade unserem Hause gegenüber, liegt. Sie spielen anscheinend selbst Treck. Natürlich. Uwe sitzt vorn auf dem Kutschersitz mit einer Miene, als müsse er die ganze Welt regieren. Sein Gesicht ist finster vor schwerer Verantwortung. Seine aufmunternden Rufe dringen sogar durch das Fenster, und seine aufmunternden Gesten müßten selbst die störrischsten Pferde zu schnellerer Gangart veranlassen. Die anderen drei vertrauen sich willig seiner Führung an.
Nun kommt schon wieder ein neuer Zug. Es ist immer dasselbe Bild. Den ganzen Tag über. Heute noch mehr als

gestern. Manche kommen aus Dörfern, die nur 15 Kilometer von hier entfernt sind. So weit ist der Krieg schon vorgedrungen.
Meistens erkennt man es an den Pferden, ob ihr Stall 15 oder 200 Kilometer weiter östlich lag. Je tiefer sie ihre Köpfe hängen lassen, und je mühsamer sie sich über die Straßen quälen, desto weiter sind sie von ihrer Heimat entfernt.
Die armen Tiere!

Am 12. Februar 1945

Gestern habe ich nichts eingetragen. Es geschah auch nichts Besonderes. Wir sind immer noch bei den gastfreundlichen Bekannten und hoffen darauf, bald wieder nach Hause fahren zu können.
Den größten Teil des Tages verbringe ich jetzt damit, durch das Fenster auf die Hauptstraße zu gucken. Mitunter werfe ich mir meine Untätigkeit mit Beschämung vor. Aber es gibt für mich zur Zeit nicht viel zu tun. Alles, woran man arbeiten könnte, ist eingepackt. Und bei unseren Gastgebern ist meine Hilfe offenbar nur wenig erwünscht. Auch sie sind beim Packen. Und dabei mögen sie weder fremde Augen noch fremde Hände haben.
Heute mittag holte ich Essen in der Flüchtlingsküche, die in der hiesigen Schule behelfsmäßig untergebracht ist. Hunderte von Frauen und Kindern warteten auf einen Teller warme Suppe, frierend und hungrig, schmutzig und stumpf. Stumpf! Das ist es, wogegen man sich mit äußerster Energie wehren muß. Knud sagte mir einmal: »Das Schicksal schlägt immer am heftigsten den, der ihm den Buckel und nicht die Zähne entgegenhält.«
Das ist ein gutes Wort. Es ist wie ein fester und starker

Stock, auf den man sich an schwierigen Wegstellen stützen kann. Und wer weiß, wie viele solcher schwierigen Wegstellen noch auf uns warten.
Ich habe festzustellen versucht, was nun mit uns werden soll. Ich bin deshalb bei allen zuständigen Stellen gewesen: beim Bürgermeister, beim Ortsgruppenleiter und bei der Flüchtlingsbetreuung. Nirgends ist etwas Genaues zu erfahren. Ob wir von hier weiter zu Fuß nach Westen sollen, ob wir vorläufig bleiben dürfen oder ob unserer Rückkehr in die Heimat keine amtlichen Bedenken mehr entgegenstehen. Überall nur Achselzucken.
Die Vorsichtigen rüsten allmählich wieder und ziehen weiter nach Westen. Die Unentschlossenen bleiben noch hier. Auch die Optimisten. Aber alles läßt die Packen und Koffer und Kisten ungeöffnet. Ostwärts zieht keiner.
Doch! Einer ging gestern zurück. Ein Mann. Er wollte seine besseren Stiefel holen, die er in unangebrachter Sparsamkeit zu Hause ließ, während er die geringeren anzog. Heute kam er wieder, verbissen und schweigend. Man konnte sehen, wie seine Zähne auf der kalten Tabakspfeife herumbissen, als wäre die schuld. Allmählich erfuhren die Umstehenden, was ihm zugestoßen war. Unsere eigenen Soldaten hatten ihn aus seinem Hause geworfen. Er hätte dort nichts mehr zu suchen. Da wäre die Hauptkampflinie.
In der Küche wäre übrigens ein unglaubliches Durcheinander gewesen. Das große irdene Gefäß mit den eingemachten Eiern habe auf dem Tisch, und die Tür zur Speisekammer habe weit offen gestanden.
Wo der Feind eigentlich stehe, hätte er auch zu Hause nicht genau erfahren können.
Unser weißes Kaninchen hat die Reise bisher gut überstanden. Eigentlich muß es ein wenig befremden, daß ich

einem Kaninchen Raum in diesem Buche gönne, wo sich die weltgeschichtlichen Ereignisse in unser Leben drängen, gewalttätig und herrisch wie noch nie. Aber es tut so ungemein wohl, etwas zu sehen, wovor man sich nicht zu fürchten braucht. Und deshalb ist es gut, daß es neben der weltgeschichtlichen Größe unserer Tage auch weiße Kaninchen gibt, die unbekümmert in ihrer Kiste unter dem Sofa an einer Rübe herumknabbern.
Unsere Wirtsleute ahnen noch nichts von der Anwesenheit des Tieres. Ich werde Uwe helfen, es immer rechtzeitig vor ihnen zu verbergen.

Am 13. Februar 1945

Die Lage hat sich geklärt. Wir müssen nun doch weiter. Unsere Hoffnung, von hier wieder nach Hause zurückkehren zu können, hat sich also nicht erfüllt.
Heute morgen kam der Befehl, alle Flüchtlinge hätten sich bereitzuhalten. Sie sollen mit Pferdegespannen befördert werden.
Nun warten wir schon seit heute morgen darauf. Inzwischen holte ich noch einmal Mittagessen aus der Schule. Ich hatte mir fest vorgenommen, gleich danach auf eigene Faust loszufahren. Mit unserem Handschlitten und dem darauf gebundenen Wagen. Aber das Wetter verschlimmerte sich so sehr, daß ich glaubte, unseren Kindern den Weitermarsch nicht zumuten zu dürfen.
Sie sind übrigens auch jetzt noch recht brav, viel folgsamer und hilfsbereiter, als sie es zu Hause waren. Nur Jutta, die Jüngste, muß von den übrigen dreien oft zurechtgewiesen werden. Sie läßt das auch mit deutlichem Erstaunen über sich ergehen, wobei sich ihre Unterlippe gewöhnlich beleidigt nach unten senkt. Dabei sind die

Tränen meistens nicht mehr weit entfernt. Uwe nimmt sie dann häufig auf den Arm, singt ihr ein Lied vor und wippt sie auf und nieder, bis sich die Lippe wieder hebt.
Nun kommt ein Mann in Parteiuniform die Straße herauf und ruft, daß alle Flüchtlinge in einer halben Stunde marschbereit vor dem Spritzenhaus stehen sollen.
Auf meine Frage, ob denn die Gespanne wirklich kämen, entgegnet er unfreundlich:
»Brauchen die Bauern jetzt selbst.«
Später erfuhr ich, die Bewohner des benachbarten Dorfes hätten ihn einen halben Tag lang in einen Schweinestall gesperrt, weil er ihre Pferde requirieren wollte. Und sie hätten ihn erst wieder freigelassen, nachdem er ihnen versprach, die Tiere nicht wegzunehmen.
Wir haben es nicht weit bis zum Spritzenplatz. Ich kann ihn vom Fenster aus sehen, wenn ich mich hinausbeuge. Wir brauchen nichts mehr zu packen, wir sind marschbereit. Ich halte es für richtiger, noch etwas zu warten, denn hier ist es wenigstens warm. Die Kinder sollen noch so viel Wärme wie möglich in sich aufnehmen. Sie sind alle vier bei der Kiste mit dem weißen Kaninchen.
In Uwes Augen ist jetzt zuweilen etwas Dunkles. Das war früher noch nicht da. So als sei er zu Dingen fähig, die besser ungetan blieben. Ich habe Angst um ihn. Vielleicht gehört er zu den Menschen, die viel Helligkeit um sich brauchen, damit das Dunkle in ihnen gebannt bleibt. Auch sein Mund kann manchmal fast grausam aussehen.
Ich werde dieses Buch nun in meinen Rucksack packen. Weiß der Himmel, wo ich es wieder auspacken kann.
Jetzt sammeln sich die ersten Leute vor dem Spritzenhaus. Auch wir müssen nun wohl aufbrechen. Ich muß mich noch schnell von unseren Gastgebern verabschieden und ihnen danken.

Sie wollen vorläufig bleiben, denn sie werden hier noch von Dingen festgehalten, die wir schon seit langem weit hinter uns ließen.

Am 16. Februar 1945

Erst nach drei Tagen komme ich dazu, das Tagebuch wieder in die Hand zu nehmen.
Auf dem Spritzenplatz warteten wir damals über zwei Stunden lang, bis endlich jemand kam, der uns fragte, was wir wollten. Nachdem wir ihm erklärt hatten, wir seien hierher befohlen worden, meinte er, wir hätten doch vor dem Gemeindeamt antreten sollen. Er habe uns dort gesucht. Schließlich erfuhren wir, daß wir heute noch bis L. müßten. Unserer eigenen Sicherheit wegen in einem geschlossenen Zuge und unter ortskundiger Führung.
Einige Mißtrauische murmelten, der hiesige Bürgermeister wolle uns nur loswerden. Der jedoch tat, als höre er die unzufriedenen Stimmen gar nicht. Und das war gewiß auch am klügsten von ihm.
Bald kam ein Mann, der uns nach L. führen sollte. Er war alt, und sein Wille, uns zu helfen, mochte ihn wohl dazu verführt haben, sich Anstrengungen zu unterwerfen, die offenbar seine Kräfte weit überschreiten mußten.
Wir zogen also mit unserem Schlitten los, inmitten eines Zuges, in welchen sich Gesunde und Kranke, Lebende und Sterbende mischten. – Säuglinge, Schwangere und Menschen mit erfrorenen Gliedmaßen. Wie ein urewiger mörderischer Fluch hing der Krieg über diesen Menschen, die keuchend ihren Schlitten oder ihren Karren durch den tiefen Schnee zogen, denen der Atem dampfend aus den weitgeöffneten Mündern quoll, denen der Schweiß trotz der Kälte das Gesicht verschmierte und de-

nen die gefrorenen Haarsträhnen um die Köpfe flatterten, als wollten sie die Erschöpften züchtigen.
Bald fing es obendrein an zu schneien. Dazu kam dann noch die einbrechende Dunkelheit. Jeder hatte nun Angst, seinen Wagen oder Schlitten umzuwerfen oder den Anschluß an den Zug zu verlieren und alsdann der Kälte und dem Schnee und der erdrückenden Leere ringsum allein ausgesetzt zu sein. Denn keiner wartete, war ein anderer von einem Unfall betroffen worden. Alles hastete vorwärts. Nur vorwärts!
Jutta saß wohlverpackt oben auf unserem hochbeladenen Schlitten. Dennoch fing sie bald an zu weinen. Ich konnte es mir nicht erlauben, sie in meine Arme zu nehmen und sie zu beruhigen.
Weiter! Nur weiter!
Die anderen drei hielten sich tapfer – anfänglich. Uwe schob den Schlitten und erleichterte mir damit das Ziehen bedeutend. Dabei achtete er scharf auf unser Gepäck und auf seine Geschwister, die er mit Stricken am Schlitten festgebunden hatte, damit sie uns in der Dunkelheit und im Schneetreiben nicht verlorengehen konnten. Nach einiger Zeit mußten wir Dieter immer häufiger ermahnen, nicht zurückzubleiben. Er gab sich auch redliche Mühe mitzukommen. Aber die Anforderungen überstiegen wohl seine Kräfte. Bald darauf taumelte er und fiel in den Schnee. Er wurde eine kurze Strecke mitgezogen, bis wir es bemerkten. Ich mußte auch ihn auf den Schlitten packen.
In der Furcht, der Treck könne davonfahren und uns im Dunkeln allein zurücklassen, nahm ich mir nicht die Zeit, Dieter so gründlich einzupacken, wie ich das sonst getan hätte. Bald begann der kleine Kerl, leise vor sich hinzuweinen. Ich hörte es jedesmal, wenn der Schneesturm

eine Pause einlegte. Mehrfach blieb ich stehen, um den Jungen zu beruhigen, doch das gelang mir stets nur für kurze Zeit. Nach dem Grund seines Weinens gefragt, antwortete er immer nur:
»Ich will nach Hause. Nach Hause!«
Ich zog den Schlitten wie irrsinnig vorwärts, so daß die beiden Großen Mühe hatten mitzukommen. Und ich versuchte nicht mehr, Dieter zu beruhigen. Ich konnte das »Ich will nach Hause, nach Hause!« nicht länger ertragen. Ich wußte genau, beim nächsten Mal würde ich mich zu ihm setzen, ihn in meine Arme nehmen und mit ihm zusammen weinen. Mochte dann kommen, was wollte. Aber es war viel vernünftiger, am Schlitten zu zerren, daß einem die Stiche in der Seite sagten, es gäbe noch andere Schmerzen, als ein Kind hinter sich auf dem Schlitten weinen zu hören. Schließlich langten wir bei völliger Dunkelheit in P. an, einem Dorf, dessen Namen ich noch nie gehört hatte.
Ich fragte, wo sich hier Flüchtlinge zu melden hätten. Man wies mich nach der Turnhalle. Wir fanden den richtigen Weg und endlich einen großen geheizten Raum, dessen Wände Turngeräte bedeckten und dessen Boden mit Stroh dick belegt war.
Ich befahl den drei Kleineren, sich unweit des Ofens in das Stroh zu legen. Das taten sie auch erschöpft, aber doch schon wieder mit einem leichten Glanz in den Augen, weil der ungewohnte und sonderliche Raum neue Abenteuer anzukündigen schien.
Hinter mir hängt eine Lampe an der Wand. Sie ermöglicht es mir, diese Zeilen zu schreiben. Gleichzeitig beleuchtet sie unsere vier. Uwe hat sich hingelegt, nachdem er mir geholfen hatte, unser Gepäck nach unserem Lager zu schleppen. Alle vier schlafen. Mein Platz ist an

der linken Außenseite, am weitesten vom Ofen entfernt. Uwe liegt ganz rechts, so daß wir die drei Kleineren zwischen uns haben. Der Große hat mir sein Gesicht zugewandt. Es ist offen und klar wie früher. Jetzt regt er sich, und ein scheues und zärtliches Lächeln breitet sich auf seinen Zügen aus. Nun murmelte er:
»Nicht weinen! Kleiner Dieter. Nicht weinen! Gleich sind wir zu Hause.«
Wahrhaftig nickt der Bengel ganz zuversichtlich im Schlaf, rekelt sich wohlig im Stroh zurecht, und nun liegt wieder tiefer Friede über seinem Gesicht.
Eine Frau irrt verstört umher, ein Kind an der Hand. Sie sucht ihr zweites. Sie verlor es unterwegs bei dem Schneetreiben in der Dunkelheit. Vor allen schlafenden Kindern kniet sie nieder und blickt ihnen forschend ins Gesicht. Aber immer sind es fremde Gesichter.
Jetzt erhebt sich draußen ein schlafstörender Lärm. Viele Stiefel, große und kleine, trampeln auf dem Zementboden, um sich zu erwärmen. Die Suchende eilt, von neuer Hoffnung belebt, hinaus und kehrt mit ihrem zweiten Kind auf dem Arm zurück. Unweit von mir legt sie sich ins Stroh, zieht ihren Mantel über sich und die beiden Kinder und tut, als wäre sie darunter vor jeder weiteren Gefahr sicher. Ich bin leise hinzugetreten und habe ihnen eine von meinen Decken übergelegt. Sie merkte es nicht. Ich war recht froh darüber.
Eine Frau erzählte vorhin, sie sei immer von zwei alten Leuten aus ihrer Gemeinde begleitet worden. Die beiden seien unterwegs verlorengegangen. Und nun? Eigentlich müßte doch jemand nach ihnen suchen, sonst könnte es doch sein –
Sie beendete ihren Satz mit einer hilflosen Handbewegung. Ich riet ihr, zum Bürgermeister zu gehen und die

Vermißten suchen zu lassen. Die Frau folgte meinem Rat, kam nach einiger Zeit zurück und berichtete, beim Bürgermeister sei die Tür verschlossen.
Und nun will mir die verschlossene Tür nicht aus dem Sinn.

Am 17. Februar 1945, morgens

Heute früh bekamen wir in der Turnhalle warmen Kaffee. Zu essen gab es nichts. Ich bin mit meinen Brotmarken beim Bäcker gewesen. Alles ausverkauft. Zu viele Flüchtlinge.
Meine vier aber haben Hunger.
Ich bin von Bauer zu Bauer gegangen, um Brot zu kaufen. Überall abgewiesen, es kämen zu viele. Hätten kaum noch etwas für sich selbst. Schließlich bekam ich in einem kleinen abgelegenen Häuschen, in dessen Garten selbst fünf Kinder herumtollten, ein halbes Brot geschenkt.
Angeblich sind unsere vier satt geworden. Es kann jedoch ebensogut sein, daß sie nur nicht mehr fordern mochten, weil sie wußten, ich könne ihnen nicht mehr geben. Sie sind jetzt draußen vor der Turnhalle. Ich kann sie unmöglich den ganzen Tag über hier auf dem Stroh halten. Außerdem ist es besser, sie bewegen sich. Dann frieren sie nicht so sehr. Hier ist es nämlich jetzt bitterkalt. Meine Finger sind beim Schreiben ganz steif geworden.
Neben mir raschelt das weiße Kaninchen in seiner Kiste. Uwe hat es unter dem Stroh verborgen. Wenn er es füttert, verkriecht er sich unter einer Decke, damit ihn niemand dabei beobachten kann. Er fürchtet, man könne es ihm stehlen.
Das Mißtrauen wuchert jetzt schon in den Kindern wie das Unkraut auf einem ungepflegten Acker.

Am gleichen Tage, nachmittags

Nun heißt es wieder einmal, wir brauchten nicht weiterzuziehen. Der Feind sei zurückgeschlagen worden. Wir könnten bald, vielleicht schon morgen, zurück. Wie gut, daß ich alle unsere Habseligkeiten fest verpackt ließ.
»Ich möchte bloß wissen, was mit unserer Kuh geworden ist«, jammert eine Frau neben mir.
»Wir haben die doch nicht mitnehmen können. Losgelassen haben wir sie, ehe wir gingen, damit sie sich selbst Futter suchen könnte. Und nun? Wo wird sie denn nun sein?«
Ihr Mann, vermutlich ein Tagelöhner auf einem der großen Güter in den östlichen Landstrichen, kaut ein wenig schneller auf seiner kalten Tabakspfeife, sagt aber kein Wort.
»Ich gehe«, verkündet die Frau und steht auf. »Wenn wir doch morgen zurückdürfen, dann können wir ebensogut heute gehen. Vielleicht finden wir sie jetzt noch. Im Wald oder sogar beim Haus.«
»Gerade jetzt, wo's dunkel wird«, wandte der Mann ein.
»Man kann auch im Dunkeln nach dem Weg fragen. Ich gehe.«
Damit nahm die Frau einen Packen auf den Rücken und ein Bündel in jede Hand und ging. Der Mann schüttelte mit dem Kopf, seufzte und lud sich sein Gepäck auf.
Unter der Tür schüttelte er noch einmal mit verstärkter Mißbilligung den Kopf und verschwand.
Jetzt kommen unsere Kinder herein.

Am 18. Februar 1945, vormittags

Heute morgen hieß es plötzlich: »Alles sofort vor der Turnhalle antreten!«

Wir standen beinahe zwei Stunden herum, doch nichts ereignete sich. Keiner wußte, wer den Befehl ausgesprochen hatte.

Alle schimpften und fluchten. Einige zogen auf eigene Faust weiter. Ich bin mehr dafür, die Weisungen der zuständigen Behörden abzuwarten. Die müssen doch schließlich etwas mehr wissen als wir.

Hier scheint die Wegscheide zu sein. Die Scheide zwischen Osten und Westen. Die Optimisten ziehen nach Osten und die Pessimisten weiter nach Westen. Die zwischen beiden hin und her schwanken bleiben vorläufig wie ich.

Also sind wir wieder in die Turnhalle gegangen.

Das Geheimnis des weißen Kaninchens ist verraten. Ein Vorübergehender stieß den Deckel von der Kiste. Wir beachteten das nicht, und bald gab es ein allgemeines Hallo, als ein Kaninchen erschrocken durch die Halle hüpfte. Ein Mann fing es schließlich in einer Ecke. Uwe erbat es in höflichen Worten von ihm zurück. Das wurde verweigert. Uwe bat dringender. Der Mann weigerte sich wieder und lachte. Da sprang ihm Uwe an den Hals und biß ihn ins Gesicht. Der Gebissene fluchte und ließ verblüfft das Tier entspringen. Während Uwe sein Kaninchen fing, lachte die Turnhalle über den Fluchenden, der die Hand auf die Bißwunde hielt.

Der Junge eilte mit dem Tier nach draußen und kehrte erst nach längerer Zeit zurück. Er gestand mir flüsternd, er habe es jetzt auf dem Boden der Turnhalle verborgen. Dort werde es niemand finden.

Ich weiß nicht, ob ich mich über die Furchtlosigkeit des Jungen freuen soll oder ob ich vor der sich ankündigenden Verwilderung Furcht haben muß.
Wäre Knud hier, der könnte mir ganz bestimmt und überzeugend sagen, was ich davon zu halten habe.

Am 19. Februar 1945

Immer noch in der Turnhalle. Heute ist das Wetter etwas milder.
Vor zehn Minuten war ein Mann in Parteiuniform hier. Der sagte, wir sollten um elf vor der Turnhalle antreten. Es wäre telefonischer Befehl durchgekommen, wir müßten weiter.
»Wohin?« fragte ich, und mein dummes Herz klopfte heftig bei der Frage.
»Erst nach S.«, antwortete er mir.
»Gestern hieß es aber doch, wir könnten zurück?« versuchte ich, seinen Irrtum richtigzustellen.
Er zuckte nur mit den Schultern und ging.
»Ich bleibe hier«, verkündete eine alte Frau ihrem Mann.
»Aber das geht doch nicht – wo wir doch fort sollen«, widersprach der Mann.
»Damit? Kann doch überhaupt nicht mehr in die Schuhe.«
Die Frau zeigte ihm ihre unförmig geschwollenen Füße.
Der Mann guckte sich schweigend die Klumpen an, ließ sich ins Stroh fallen und zog seinen Mantel weit über den Kopf. Wir sollen jetzt draußen antreten. Ich muß die Kinder von der Straße holen.
Der Alte liegt noch immer unbeweglich. Auch seine Frau hat sich wieder aufs Stroh gelegt und sich ebenfalls den Mantel über den Kopf gezogen.

Am 20. Februar 1945

Wir sind in S. Das ist ein kleiner Ort. Man hat uns gesagt, wir kämen mit der Bahn weiter. Die Straßen müßten endlich für die Wehrmacht freigehalten werden. Auf dem Markt, wo sich die Durchgangsstraßen kreuzen, steht Polizei und weist alle Flüchtlinge zum Bahnhof. Es wird hier von Stunde zu Stunde voller. Schon als wir ankamen, war der Wartesaal so überfüllt, daß kein Mensch mehr Einlaß fand. Wir sitzen in der Bahnhofshalle. Es zieht eisig. Irgendwo öffnet sich dauernd eine der zahlreichen Türen. In einer Baracke ist die Flüchtlingsbetreuung. Da herrscht ein unbeschreibliches Gedränge. Ich bin dort gewesen und wollte erfahren, wann wir mit dem Zug weiter könnten. Die Leute starrten mich verwundert an. Allmählich wurde mir klar, daß sie über einen Menschen staunten, der jetzt noch glaubt, daß die Züge zu einer bestimmten Zeit fahren und daß ihm jemand sagen könnte, wann er einsteigen müßte. Man belehrte mich, daß vielleicht heute nacht einer käme, vielleicht auch erst morgen oder übermorgen. Die Frauen bei der Flüchtlingsbetreuung sehen aus, als hätten sie drei Nächte hintereinander nicht geschlafen. Von einem jungen Mädchen in meiner Nähe erfuhr ich, es warte mit seinen Eltern schon seit gestern mittag auf einen Zug. Einer sei auch durchgefahren, habe jedoch nicht gehalten. Die Menschen hätten auf offenen Güterwagen gestanden und gelegen. Manche hätten sogar an den vereisten Trittbrettern gehangen.
Ich kann den Gedanken nicht unterdrücken, es wäre vielleicht richtiger gewesen, zu Hause zu bleiben. Aber wer weiß in einer solchen Zeit noch, was richtig ist.

Am 21. Februar 1945

Als ich gestern in dieses Buch schrieb, hoffte ich, die folgende Nacht wenigstens ohne neue Bedrängnis in der eisigen Bahnhofshalle verbringen zu können.

Leider traf das nicht zu. Gegen ein Uhr fiel die erste Bombe. Schnell folgten ihr weitere. Auch der Bahnhof wurde getroffen. Fenster klirrten. Türen polterten zu Boden. Der Mund füllte sich mit Staub. Es roch nach Rauch. Kinder und Frauen schrien. Keiner wußte, was eigentlich geschehen war. Die Dunkelheit erschwerte jede Orientierung.

Alles hastete nach den Türen, über andere Menschen stolpernd, stürzend. Die Schreie der Getretenen mischten sich mit den Flüchen der Tretenden.

Die Kinder klammerten sich fest an mich. Ich zitterte zwar am ganzen Leib, aber ich war ihr einziger Halt. Und das gab mir Kraft, sie an mich zu pressen – alle vier.

Ich glaubte, der Bahnhof werde nun von weiteren Treffern verschont bleiben. Doch auch dieser Glaube trog. Es ist fast, als sei die Absicht unserer Zeit, uns auch die kleinste Hoffnung zu nehmen, die doch jeder Mensch braucht wie das tägliche Brot.

Gerade hier schien man treffen zu wollen. Draußen auf den Gleisen detonierten mehrere Bomben. Steine und Erde wurden in die Halle geschleudert.

Wir schleppten unser Gepäck hinaus, setzten Jutta auf den Schlitten und fuhren durch die brennenden Straßen, uns von dem Strom flüchtender und schreiender Menschen treiben lassend. Neue Einschläge, neue Brände, Menschen, Steine, Balken, Bretter und Möbelstücke lagen wirr umher. Wir stürzten oft, blieben jedoch ohne ernste Verletzungen. Kleine Schrammen, die man früher mit Bedenken betrachtete, zählen heute nicht mehr. Schließlich gewannen wir das Freie und hasteten weiter, bis wir uns in Sicherheit wähnten.

Der Blick auf das noch vor einer Stunde friedlich schlafende und nun an allen Ecken und Winkeln brennende Städtchen war mir so unerträglich, daß ich mir keine lange Ruhepause gestattete.

Die Nacht war kalt, und bis zum nächsten Ort schien es noch weit zu sein. Viel zu langsam kamen wir vorwärts. Nur weg von der brennenden Hölle. Uwe und Kurt – unser Zweitältester – schoben aus Leibeskräften.

Nach Stunden langten wir schließlich in einem Dorf an. Dort standen schon viele Menschen auf den Straßen. Niemand wollte weitergehen – und niemand wußte, wo bleiben. Schließlich sprach eine tiefe und ruhige Stimme, der sofort anzumerken war, daß sie gewohnt sein mußte, gehört zu werden:

»Gehen Sie in die Kirche! Ich schließe Ihnen auf.«

Als jemand in der Nähe ein Streichholz anzündete, um sich eine Zigarette anzustecken, erkannte ich, daß der Pastor bei uns stand, einen großen Schlüssel in der Hand. Kurz huschte mir die kindlich-freundliche Erinnerung an Petrus mit dem Himmelsschlüssel durch den Sinn. Aber da die irdischen Geschehnisse vom Himmel weiter entfernt waren als je, brach die Erinnerung schnell und kläglich in sich zusammen.

Wir taumelten durch einige Straßen, gelangten in die Kirche und setzten uns, völlig ausgepumpt, auf eine harte Bank, die uns köstlich schien wie das Bett in unserer Heimat.

Etwas zu Atem gekommen, hieß ich die Kinder, sich dicht aneinanderzuschmiegen. Dann umwickelte ich sie mit unseren sämtlichen Decken.

Während ich die Nacht neben ihnen, vor Kälte mit den Zähnen klappernd, verbrachte, tröstete ich mich immer wieder mit dem Gedanken, daß die Kinder wenigstens nicht frören.
Uwe flüsterte mir vorhin zu, er schwitze. Ich wünschte, er spräche das nicht nur, um mir eine Freude zu machen. Bei dem Bengel weiß man nie, ob er einen anschwindelt, um einem die Sorgen zu verringern. Ich habe ihn schon häufig dabei ertappt. Doch ich brachte es nie fertig, ihn dafür zu strafen. Ich machte mir schon oft Vorwürfe wegen meiner Schwäche.
Jutta, unser Jüngstes, wird jetzt unruhig, dreht sich und schilt: »Aber Püppi, darfst doch nicht weinen. Wir kommen jetzt gleich nach Hause. Da ist es ganz warm.«
Danach kuschelt sie sich noch enger an ihre Geschwister und schläft friedlich weiter.
Welches Bild bietet die Kirche nun, da das fahle Morgenlicht durch die Fenster fällt! Überall liegen und hocken Menschen. Das Klappern vieler Stiefel auf dem Steinfußboden, das Schlürfen von Pantoffeln, profane Gespräche, Husten und Schnarchen bilden einen ganz ungewöhnlichen Kirchenchor. Vor der Orgel spannt eine junge Frau einen Bindfaden und hängt einige Kinderwäschestücke zum Trocknen daran.
Wie sieht der Fußboden aus! Schmutz, Papierfetzen, zertretene Kartons, leere Zigarettenschachteln, Zigarrenstummel, abgebrannte Streichhölzer.
Aber nirgends betende Menschen.
Die Sonne geht auf. Sie schenkt den bunten, großen Fenstern vielfarbiges und kräftiges Leben. Ein heller Strahl durchschneidet den heiligen Raum.
Ich beobachte ihn genau. Ich sehe, wie er allmählich immer näher rückt. Jetzt erreicht er die Spitze des Al-

tars, senkt sich sehr langsam und erfaßt nun – ich zittere. Warum bloß? Es ist doch schließlich nichts Besonderes, daß ein Altar von der Sonne bestrahlt wird. Vielleicht zittere ich auch nur vor Kälte und bilde mir ein, etwas Großes wolle zu mir. Mein Gott! Warum sollte gerade jetzt ein Wunder geschehen? Warum?
Da erscheint der Kopf mit der Dornenkrone im hellen Schein. Schmerzerfüllt und kraftlos neigt er sich nach unten. Nun verbreitert sich der Strahl, erfaßt die schmalen Schultern, erreicht die Brust. Das Wundmal in der Seite leuchtet auf.
Mein Gott! Ich bitte dich, erhalte mir meinen Verstand.
Es blutet! Dickes, rotes Blut quillt langsam hervor, unaufhörlich, immer weiter; dickes, rotes Blut. Es rieselt gemächlich über das gewundene Tuch, das die Blöße des Heilandes bedeckt, und verliert sich im Dunkel.
Barmherziger! Ich schließe die Augen und falte unwillkürlich die Hände.
Lange und fest halte ich meine Augen geschlossen. Ich will das Bluten nicht mehr sehen. Es ist zuviel für meine Nerven. Ich weiß nicht, was ich beginnen soll. Ich kann doch nicht bis zum jüngsten Tag mit geschlossenen Augen und gefalteten Händen tatenlos in einer Kirchenbank sitzen. Aber das Bluten paßt nicht in meine Welt, die von mir verlangt, daß ich einen schweren Schlitten über vereiste und verschneite Straßen westwärts ziehe, ins Ungewisse hinein. Ich achte sorgfältig und scharf auf alle Geräusche in unserer Nähe. Nichts scheint eine Veränderung anzuzeigen. Das Schnarchen, das mich sonst sehr peinigte, wirkt nun so wohltuend und beruhigend auf mich, daß ich es wage, meine Augen zu öffnen. Aber ich gucke nicht nach dem Gekreuzigten. Man darf das Schicksal nicht herausfordern. Ich blicke mit äußerer Gleichgül-

tigkeit auf die Menschen ringsum. Die tun, was sie zu tun pflegen, haben sie eine schwere Gefahr glücklich überstanden. Nichts verrät, daß da vorn etwas Besonderes geschieht. Ich beobachte scharf, ob einer der Menschen in meiner Umgebung nach dem Gekreuzigten blickt. Denn ihre Seelenruhe könnte doch daran liegen, daß sie noch nicht die Wunde in der Seite des Heilands bemerkten.
Ich muß lange warten, bis ein alter Mann nach dem Erlöser sieht, sich, in seinen Anblick versunken, eine Tabakspfeife anbrennt und sich schließlich abwendet, um in seinem Gepäck etwas zu suchen. Es scheint wirklich nichts zu sein. Ich kann es vielleicht doch wagen, nach vorn zu gucken. Wahrscheinlich habe ich Fieber, das mir Wahnbilder vorgaukelt. Wäre ja auch kein Wunder nach einer solchen Nacht. Ich muß mich sehr überwinden, um nach vorn sehen zu können. Der Sonnenstrahl ist tiefer gewandert. Der Gekreuzigte hängt wieder im Dunkeln. Nur seine Füße sind noch beleuchtet. Es ist alles, wie es sein soll, wie es der Ordnung entspricht; einer Ordnung, in welcher der menschliche Verstand eine feste und gesicherte Stellung einnimmt, aus der er durch kein Blut, auch nicht durch das eines Gottes, verdrängt werden kann.
Meine Hand tastet nach meinem Puls. Ja, es scheint, als schlüge der etwas schneller und heftiger als sonst. Doch Fieber? Da sieht man wieder einmal, auf welch schwachen Füßen Wunder stehen.
Eine junge Frau erhebt sich neben mir. Sie hat ein Bündel im Arm, zu dem sie spricht: »Du brauchst keine Angst zu haben, Ulli. Ich bringe dich zu ihm. Und er ist ganz lieb zu dir. Ganz lieb. Er wird dich in seine Arme nehmen, und dann wird alles wieder gut.«
Sie geht langsam, wie unter fremdem Zwange, nach vorn,

nähert sich ohne Zagen dem Gekreuzigten, und dann – legt sie das Bündel mitten in den Strahl hinein – zu Füßen des Heilands.

Ich sitze in der ersten Bankreihe und kann das ganz deutlich sehen. Ein Mann kommt aus der Sakristei. Er sieht aus wie der Kirchendiener, und es ist wahrscheinlich, daß er schon immer in der Tür gestanden und darüber gewacht hat, daß dem Hause Gottes keine Schändung widerfahre. Er tritt zu der jungen Frau, die bewegungslos vor dem Altar steht und tippt ihr auf die Schulter.

»Nehmen Sie das weg!« flüstert er.

Das Weib sieht ihn nur erschrocken an, rührt sich jedoch nicht.

»Das gehört sich nicht.«

»Aber er hat doch gesagt: Lasset die Kindlein zu mir kommen.«

»Ja. Aber vom Altar hat er nichts gesagt.«

»Das Kindlein ist nun zu ihm gekommen. Er hat schon vor langer Zeit Tote wieder zum Leben erweckt. Vielleicht kann er das heute auch noch.«

»Nehmen Sie das weg! So was gehört auf den Friedhof. Wenn Sie ’ne Beerdigung anmelden wollen, das Kirchenbüro ist von 8 bis 12 Uhr geöffnet.«

Die Frau sinkt zu Boden und legt ihre Stirn auf die teppichbelegten Altarstufen. Der Kirchendiener faßt nach dem Kind. Das Tuch fällt herunter. Des Alten Hand bleibt merkwürdig steif in der Luft hängen. Lange dauert das. Ich kann es nicht mehr mit ansehen. Gerade als ich aufstehe, um dem Alten seine Hand zurückzugeben, ertönt von der Tür her der laute Ruf:

»Alles raus! Nach dem Bahnhof! In einer halben Stunde fährt der Zug.«

Am 22. Februar 1945

Gestern geschah das Unglaubliche: Der Zug kam und fuhr. Zwar drei Stunden später, aber er fuhr. Offene platte Güterwagen. Nicht einmal Seitenwände. Man mußte sich sehr vorsehen, um nicht herunterzufallen.

Trotz der immer mehr sich ausbreitenden Unordnung bildete sich auf dem Wagen schnell und ohne viel Worte eine allgemein anerkannte Gesetzlichkeit. Die Kinder wurden in die Mitte genommen. Rund herum standen die Frauen und außen die Männer. Es war kalt, sehr kalt. Vielleicht war es aber auch nur der Hunger.

Ich umhüllte meine vier mit allen unseren Decken, band Bindfaden um sie und behielt die Deckenzipfel fest in meinen Händen, um Diebstahl zu verhindern.

Neben mir stand die junge Frau mit dem Bündel. Ja, sie hatte es wieder bei sich und wiegte es leise, wie Mütter tun, um den Schlaf ihrer Kinder zu fördern. Hätte ich sie früher gesehen, wäre ich auf einen anderen Wagen gestiegen. Aber nun waren alle schon überfüllt. Noch ehe sich der Zug in Bewegung setzte, merkte ich, wie sie versuchte, eine unserer Decken wegzuziehen.

»Lassen Sie!« sagte ich und zog die Zipfel fester an mich.

»Will die schon wieder 'ne Decke klauen?« fragte da eine grobe Stimme neben mir, und ich wünschte, lieber nichts gesagt zu haben. Die Stimme gehörte einer Frau mit derbem, verwittertem Gesicht.

»Dabei braucht die doch gar keine mehr«, ergänzte sie erbarmungslos.

Die andere blickte starr geradeaus; anscheinend wollte sie den Eindruck hervorrufen, das gälte nicht ihr.

Ich konnte nicht verhindern, daß mir die Alte ins Ohr flüsterte:

»Nein, die braucht keine mehr. Das ist doch schon seit über acht Tagen tot. War auch auf so ’nem offenen Wagen. Nachts. Nicht warm genug eingepackt. Die jungen Dinger wollen ja alles immer besser wissen als unsereins. Na ja, erfroren. War nicht das einzige auf unserem Wagen. Aber man braucht das doch nicht überallhin mitzuschleppen. Davon wird’s doch auch nicht wieder lebendig. So was gehört unter der Erde.«

Als der Alten niemand antwortete, fügte sie noch hinzu:

»Geben Sie bloß auf Ihre Decken acht. Das geht schon seit ’ner Woche, daß die überall welche klauen will.«

*

Und nun sind wir in K. Und alle gesund!

Jawohl – alle gesund! Es ist kaum zu glauben, aber es ist so.

Wir haben sogar ein Hotelzimmer bekommen. Mit zwei großen Betten. Der Besitzer ist geflohen. Daraufhin wurde das Hotel beschlagnahmt. Die Betten sind weiß überzogen. Das mutet an wie ein Märchen.

Die Kinder liegen schon seit heute vormittag darin. Jetzt wird es dunkel. Auch ich werde müde.

Es ist, als müßte ich ein paar Jahre lang schlafen.

Am 24. Februar 1945

Wir sind immer noch in K., wohnen noch immer in dem Hotelzimmer mit den weißbezogenen Betten und husten, daß der Fußboden unter uns zittert.

Auch hier wird es täglich voller. Immer mehr Menschen treffen ein. Man fühlt sich wahrhaftig schon ein wenig heimisch, wenn man die neuen Flüchtlinge mit ihren Kisten und Packen und ihren Karren durch die Straßen ir-

ren sieht. Ich bin soeben bei der Bahn gewesen. Auch dort ist alles durcheinander. Die Beamten wissen nicht, wo ihnen der Kopf steht. Der ganze Zugverkehr ist aus den Fugen. Kein Mensch weiß, ob der Schnellzug 12.47 Uhr fahren wird. Doch die Leute, die in dumpfen Haufen vor dem Bahnhof warten, wollen das wissen. Gestern ist kein einziger Personenzug gefahren. Nur Gütertransporte. Zur Front.
Ein Lazarettzug steht auf einem toten Gleis. Flüchtlinge haben sich darin einquartiert, weil sie in der überfüllten Stadt kein Unterkommen finden konnten. Die Polizei war gerade dabei, ihn zu räumen. Das war ein äußerst unerfreulicher Anblick.
Als ich bei der Bahnhofsverwaltung wartete, hörte ich ein Telefongespräch zwischen dem Vorstand und seiner vorgesetzten Dienststelle.
»Wie? Ich muß heute abend 11 Uhr den Lazarettzug fahrbereit haben? Aber das geht doch nicht. Das ist ausgeschlossen. Der ist vollständig versaut. Überall Dreck und Papier. Alle Toiletten laufen über. Habe so etwas noch nicht gesehen. Wie bitte? Das hilft nichts? Soll meine Scheuerfrauen rankriegen? Geht auch nicht. Sind längst davongelaufen. Wieder holen? Durch wen denn? Von der Polizei? Die hat alle Hände voll zu tun, um hier noch einigermaßen Ordnung zu halten. Die kann nicht hinter unseren Scheuerfrauen herlaufen. Flüchtlingsfrauen? Verzeihung. Aber wer soll denn die herankriegen? Die Partei? Na, will ich mal versuchen. Jawohl. Wir tun unser Möglichstes.«
Ich weiß nicht, wie das mit dem Lazarettzug geworden ist, denn der Mann wandte sich nun mir zu. Er hatte einen roten Kopf und ein böses Funkeln in den Augen.
»Was wollen Sie?« fragte er barsch.

Ich trug ihm mein Anliegen vor, und er antwortete nichts weiter als:
»Glauben Sie, ich kann hinter jedem Güterwagen herrennen und aufpassen, daß er am richtigen Ort ankommt?«
Damit ließ er mich stehen und ging wieder ans Telefon.
Einer seiner Untergebenen nahm sich meiner an.
»Welche Nummer hatte denn der Zug?«
Das wußte ich natürlich nicht. Wer weiß denn so etwas?
Hilflose Handbewegung.
»Können ja schließlich in den nächsten Tagen noch mal fragen – aber –« Er beendete den Satz nicht, doch war die Lage auch so vollkommen klar.
Ich habe keine Hoffnung mehr. Unser Gepäck ist verloren. Endgültig. Wie ich nur so unvorsichtig sein konnte, es auf einen anderen Güterwagen verladen zu lassen, mich überhaupt von ihm zu trennen! Wären wir lieber zu Fuß gegangen. Dann hätten wir wahrscheinlich jetzt kein Hotelzimmer mit weißbezogenen Betten, aber dafür unser Gepäck. Doch wir waren so erschöpft, daß wir kaum noch laufen konnten. Und wer hätte so etwas für möglich gehalten. Daß ein ganzer Waggon spurlos verschwindet! Wo sonst jeder Bahnbeamte schwer bestraft wurde, stahl er nur eine Schachtel Zigaretten. Ich kann natürlich nicht sagen, daß es gestohlen wurde. Nur es ist nicht da.
Die Sache verhält sich eigentlich ganz einfach. Als wir hier in K. ankamen, war der Wagen nicht mehr an unserem Zug. Die Beamten waren selbst ganz überrascht und fanden keine Erklärung. Auch drei Wagen mit Flüchtlingen fehlten. Das war ebenso unverständlich.
Es läßt sich schwer beschreiben, was sich ereignete, als die Wartenden erfuhren, ihr letztes Gepäck sei verschwunden. Die Beamten wußten sich nicht anders zu helfen, als quer über die Gleise zu entfliehen. Weinend,

schreiend und drohender Unentschlossenheit voll standen Hunderte von Menschen auf dem verunreinigten Bahnsteig.
Sie drangen beim Bahnhofsvorstand ein. Aber der wußte auch nichts. Sie sollten draußen warten. Er werde nach dem Wagen telefonieren. Nach drei Stunden sagte ihnen ein Beamter, sie hätten überall angerufen, doch niemand wußte etwas.
Und nun? Wie soll ich die Kinder kleiden?
Seit Wochen haben sie ihre Wäsche nicht gewechselt. Ihre Strümpfe sind vollkommen zerfetzt. Stopfzeug war in unserem Gepäck.
Ich bin heute bei der Flüchtlingsbetreuung gewesen. Die haben tags und nachts alle Hände voll zu tun, um den vielen Menschen eine dünne Suppe oder eine heiße Tasse Kaffee reichen zu können. Für so ausgefallene Wünsche haben sie gar keine Zeit.
Beim Magistrat: Achselzucken.
Bei der Partei: Achselzucken.
Mein Gott! hat denn der Mensch seine Achseln nur, um damit zu zucken, wenn andere in Not sind?
Meine Mutter hätte in meiner Lage ihre Hände gefaltet, und es wären gewiß auch ihr keine heilen Strümpfe vom Himmel gefallen. Aber etwas anderes. Etwas viel Wesentlicheres. Etwas unendlich viel Höheres: die Gewißheit, in Seinen Händen, in Seinen starken und liebenden Händen zu ruhen, obwohl man seit Wochen kein reines Hemd auf dem Leibe hat und die Strümpfe sich längst in Fetzen auflösten.
Und diese Gewißheit wäre bei ihr geblieben, selbst wenn der Gepäckwagen mit ihrer letzten Habe verschwunden wäre. Ich versuchte das auch. Ich wollte dort wieder anfangen, wo meine Mutter einst aufhörte.

Doch das war wie ein Telefonanruf, ohne daß auf der anderen Seite einer den Hörer abnimmt.

Am 25. Februar 1945

Ich wußte heute keinen anderen Rat mehr, als in die Kirche zu gehen. Vielleicht kann ich damit Hilfe erwirken. Wer nicht an das Wunder glaubt, dem schenkt es sich nicht. Hier ist eine schöne, mehrere Jahrhunderte alte Kirche, ein Dom. Inmitten des herandrängenden Chaos liegt er unbefleckt und voll kühler Stille. Sein hohes Gewölbe ist wie eine große edle Stirn, hinter der schöne und gute Gedanken wohnen. Und seine Fenster sind wie große leuchtende Augen, aus denen ein gütiges und allumfassendes Herz mit Wärme spricht.

Ich kniete nieder und betete. Lange und fast mit Haß. So, als müßte ich einen Feind mit heißen, leidenschaftlichen Worten bezwingen.

Da hörte ich Schritte hinter mir. Sie näherten sich flüchtig, bestiegen neben mir die Stufen, verweilten einen Augenblick dort, wo der Altar sein mußte, und entfernten sich hastig.

Ich hielt mit Absicht meine Augen geschlossen. Ich wollte mich nicht stören lassen. Wenn man nach so langer Vergessenheit endlich wieder einmal mit Gott spricht, darf man sich nicht durch jeden Fußtritt in der Nähe abtrünnig machen lassen.

Als die Schritte davoneilten, öffnete ich meine Augen und blickte hilfesuchend nach dem Gekreuzigten. Der hing mit gebrochenem Leib noch immer am Kreuz und seine Füße – mein Gott! Seine Füße stützten sich auf ein Bündel. Das kannte ich doch. Das hatte ich doch schon gesehen.

Ich versuchte, das Vaterunser zu lallen – aber schon nach den ersten Worten bin ich davongelaufen.

Am 28. Februar 1945

Unser Gepäck ist immer noch nicht da.
Ich war heute wieder beim Bahnhofsvorstand. Er sagte mir, ich möchte ihn endlich in Ruhe lassen. Ich wandte mich an seine Untergebenen. Die Beamten kennen mich schon alle, weil ich doch täglich zu ihnen komme. Sie zuckten auch heute wieder mit den Achseln wie an den verflossenen Tagen.
Der Lazarettzug wurde gerade mit Verwundeten beladen. Die hiesigen Lazarette werden allesamt geräumt. Das sieht beinahe so aus, als wolle man die Verwundeten in Sicherheit bringen, weil man damit rechnet, daß der Feind bald hier sein wird.
Ich versuchte, mir immer wieder vorzureden, die Räumung sei ein Akt übertriebener pedantischer Vorsicht. Aber ich gehöre leider nicht zu jenen Menschen, die jede Lüge glauben, reden sie sich die nur lange genug vor.
Heute gab es kein Brot zu kaufen. Alles ausverkauft. Kein Wunder, wo hier immer mehr Menschen zusammenkommen. Vor den Sparkassen stehen lange Reihen. Die Leute wollen Geld abheben. Niemand kann wissen, ob man es in einigen Tagen noch bekommt. Und unterwegs muß jeder doch einen Pfennig in der Tasche haben. Man ist ja schließlich kein Bettler.
Der Bürgermeister hat heute einen Aufruf erlassen, es dürfe niemand fliehen. Das sei Landesverrat!
Aber hinter verschlossenen Türen packt man überall.

Am 2. März 1945

Immer mehr Menschen flüchten von hier, obwohl es verboten ist. Der Feind nähert sich unaufhaltsam von Osten und Süden unserer Stadt.

Trotz der vielen, die unerlaubt nach Westen ziehen, werden die Straßen und Häuser täglich voller. Immer wieder treffen neue Trecks und neue Einzelgänger ein. Man sieht ihnen an, daß sie einen langen Weg hinter sich haben.

Die Anzeichen mehren sich, daß es geraten ist, bald wieder aufzubrechen. Aber ich darf noch nicht. Wenn auch nur wenig Hoffnung besteht, unser Gepäck könne plötzlich eintreffen, so kann ich es trotzdem nicht im Stiche lassen. Ich muß meine Pflicht tun. Und die fordert von mir, täglich zum Bahnhof zu gehen und täglich dieselbe Frage zu stellen. Ich falle den Männern dort sehr auf die Nerven. Ich weiß das wohl. Der Bahnhofsvorstand scheint bei meinem Anblick jedesmal einen Anfall von Migräne zu bekommen, denn sein Gesicht verzieht sich höchst gequält, und seine Hand legt sich vor die Stirn, als müsse sie die vor mir schützen.

So schwer es mir auch fällt, den Unwillen anderer Menschen auf mich zu lenken, ich darf nicht schwach und nachlässig werden. Das bin ich meinen Kindern schuldig, die dringend ein sauberes Hemd und ein Paar heile Strümpfe brauchen.

Erst wenn gar keine Hoffnung auf das Eintreffen unseres Gepäcks mehr besteht, darf ich mit den anderen weiter westwärts ziehen.

Ich habe gestern alle Güterwagen auf dem Bahnhofsgelände durchsucht. Dreimal wurde ich davongejagt, weil man glaubte, ich wollte etwas stehlen. Heute war es ähnlich. Viermal jagten sie mich weg. Beim fünften Versuch

verhaftete man mich und brachte mich zum Bahnhofsvorsteher.
Der deutete mit spitzem Zeigefinger an seine Stirn. Ein verständnisvolles und erleichtertes Lächeln breitete sich auf dem Gesicht des Polizeibeamten aus. Er wandte sich mir zu und drohte mir, wie man das bei unfolgsamen Kindern tut. Dann sprach er mit amtlicher Würde:
»Machen Sie das nicht wieder, sonst muß ich Sie einsperren lassen. Das ist Transportgefährdung.«
Ich war froh, hinausgehen zu können. Es ist nicht schön, für verrückt gehalten zu werden, selbst wenn man dadurch vor Strafe bewahrt bleibt.
Die Kinder sind alle noch stark erkältet. Eines hustet mehr als das andere. Gestern habe ich bei Dieter die erste Laus gefunden. Ich war so entsetzt, daß ich das Tier beinahe entschlüpfen ließ. Doch im letzten Augenblick gelang es mir noch, es zu töten.
Ich habe sofort die gesamte Leibwäsche der Kinder untersucht, fand jedoch nichts.
Heute war ich bei der Wohlfahrt und bat um Seife und Stopfwolle. Sie haben dort solche Sachen auch nicht. Aber die Schwester hatte Verständnis für meine Lage. Sie bestellte mich für morgen wieder und will mir aus ihrem privaten Bestand etwas mitbringen.
In der Stadt wird es immer aufgeregter. Die Einwohner bemühen sich zwar, gelassen zu erscheinen, aber man merkt es doch. Jeder tut, als glaube er unerschütterlich an unseren Endsieg, weil der Bürgermeister das durch einen Aufruf befohlen hat. Und er sähe sich gezwungen, gegen alle Elemente vorzugehen, die durch unzeitgemäße Fluchtversuche eine Panikstimmung hervorrufen wollten.
Was man nicht alles befehlen kann.

Am 3. März 1945

Die Kinder schlafen. Ab und zu stöhnt eines. Sie haben immer noch den bösen Husten, den sie sich während der Bahnfahrt auf dem offenen Wagen holten. Aber sonst scheinen sie gesund zu sein.

Ich bin vorhin nochmals im Güterschuppen I gewesen und habe mit der Suche begonnen, wo ich heute mittag aufhörte. Doch ich hatte mich getäuscht: Die Männer waren auch jetzt noch da.

Heute abend warf mich ein anderer hinaus und verschloß hinter mir die Tür.

Nun werde ich doch bis morgen bleiben müssen. Sind erst die Beamten geflohen, werde ich in aller Ruhe suchen können. –

Habe ich eigentlich schon geschrieben, daß oben auf der Wäsche in dem großen Packen unsere Bibel lag? Die von meinen Eltern?

Nein, ich glaube nicht, schon darüber geschrieben zu haben. Das muß ich nachholen, denn das ist wesentlich. Und außerdem bin ich noch viel zu unruhig, um schon schlafen zu können.

In den letzten Tagen zu Hause dachte ich unentwegt darüber nach, was ich wohl als Allererstes mitnehmen müßte. Vieles erwog und vieles verwarf ich.

Zuletzt fiel es mir mit heißem Erschrecken ein: die Bibel. Ich legte sie ganz obenauf, und vor dem ersten Blatt verwahrte ich ein Bild von Knud, meinem Mann.

Es war mir, als könnte ich mit dieser Geste einen Segen auf ihn und uns herabziehen, auf den wir uns in der höchsten Not berufen könnten.

Und nun sind beide weg:

Die Bibel und das Bild von Knud.

Am 4. März 1945

Heute morgen trat der neue Tag auf eine ungewöhnlich gewalttätige Weise in unser Leben. Es gab plötzlich einen erschreckenden Lärm. Irgend etwas mußte zertrümmert worden und von hoch oben auf die Erde herabgestürzt sein. Ich fuhr aus dem Bett, wies die Kinder an, sich ruhig zu verhalten, und eilte vor das Haus. Da sah ich, daß ein Stück unseres Schornsteines fehlte. Es war vermutlich durch den an unser Zimmer grenzenden Schacht gestürzt, dabei den Lärm verursachend. Der Schornstein mochte wohl schon seit längerem baufällig gewesen und das Auseinanderbrechen ohne tiefere Bedeutung sein, tröstete ich mich und ging wieder nach oben.

Ich wurde aber das dumpfe Gefühl nicht los, ich belüge mich um meiner inneren Ruhe willen. Und ich weiß aus vielfältiger Erfahrung, daß es für mich stets gut ist, solchem Gefühl auf den Grund zu gehen. Doch ich war zu feige dazu. Vielleicht hatten mich auch die letzten Wochen so geschwächt, daß ich nicht mehr über die Kraft verfügte, die nötig ist, eine wohltätige und beruhigende Lüge von der Schwelle zu weisen.

Dennoch wollte mein Gleichgewicht nicht wiederkehren. Meine Natur wehrte sich gegen den Selbstbetrug, den ich ihr aufzwingen wollte. Sie verlangt nach Wahrheit, auch wenn die sehr schmerzlich ist.

Und sie war sehr schmerzlich. Es war wie schon oft, wenn ich versucht hatte, sie zurückzudrängen. Sie staut sich dann irgendwo im Verborgenen und überfällt mich zu einem Zeitpunkt, da ich besonders geschwächt bin, mit ihrer ganzen angestauten Kraft.

Heute geschah das unterwegs zum Güterbahnhof. Und zwar schlug auf der Straße, etwa dreißig Meter von mir entfernt, etwas ein. Was das war, erkannte ich nicht. Aber daß es etwas Bösartiges war, konnte selbst ein mit den Äußerungen des Krieges so wenig vertrauter Mensch wie ich nicht verkennen.

Einige Frauen und Kinder wälzten sich dann auf der Straße und bluteten. Ein umgefallener Handwagen lag zwischen ihnen. Einige rote Pfützen bildeten sich – nicht allzu groß – aber dennoch nicht zu übersehen. In meinem ersten Schrecken stürzte ich auf die Liegenden zu, war nachher jedoch, vom Anblick der roten Pfütze wie gelähmt, untätig stehengeblieben.

Das war alles so unglaubhaft, daß ich überhaupt nichts begriff. Wahrscheinlich hatte ich wieder Fieber.

Einige Männer sprangen hinzu und trugen die Verletzten in ein Haus.

Hernach im Güterschuppen verkroch ich mich in die dunkelste Ecke und weinte. Ich wußte zwar, daß so etwas schon tausende Male geschah und daß der Krieg nicht wählte zwischen Gerechten und Ungerechten, aber dies war zuviel für meine Nerven. Und hier, fern den Kindern, konnte ich mich ungehemmt gehen lassen – ganz wie es aus mir heraus wollte.

Ein Gepäckstück in der Nähe erregte meine Aufmerksamkeit. Eine gewisse Ähnlichkeit ließ sich nicht abstreiten. Ich trat hinzu. Wieder eine Täuschung. Aber die Berührung mit etwas Handfestem strahlte eine deutliche Linderung aus. So begann ich, ohne Hast zu suchen, ungestört und gründlich. Der ganze Bahnhof lag vollkommen verlassen da. Kein Beamter war mehr zu sehen.

Tausende von Gepäckstücken lagen in den drei Güterschuppen aufgestapelt. Und deren Empfänger würden gewiß nie dazu kommen, den Bindfaden von den Kartons und die Nägel aus den Kistendeckeln zu lösen.

Durch die weitgeöffnete Schiebetür sah ich auf das Bahnhofsgelände. Einige verwilderte Hunde suchten in dem Unrat zwischen den Gleisen nach Nahrung. Das war alles. Kein Mensch wartete hier noch auf einen Zug.
Plötzlich erfaßte mich das Bewußtsein meiner Lage mit solcher Heftigkeit, daß ich laut »Nein!« schrie.
Das »Nein« hallte schauerlich durch den großen Schuppen. Ich eilte hinaus und rannte wie irr durch die Straßen bis zu dem Hotel. Die Kinder? Wie hatte ich die nur so lange allein lassen können?
Als ich in unser Zimmer trat, spielte Uwe gerade mit seinen Geschwistern Pferd. Das gefiel ihnen so gut, daß sie meiner Aufforderung, mit mir in den Keller zu gehen, nur mit Widerstreben nachkamen.
Die Hotelzimmer sind jetzt fast alle leer. Dafür sind die Keller brechend voll. Die Menschen verkriechen sich bei jeder Gefahr so tief wie möglich in die Erde. Und wer am tiefsten haust, hat die meisten Chancen, am Leben zu bleiben.
Ist das nun nicht aberwitzig? Erst muß ich nach unserem Gepäck suchen und kann deshalb die Stadt nicht verlassen. Und nun, da ich weiß, daß unser Gepäck nicht hier ist, könnten wir weg. Das ist jedoch jetzt nicht mehr möglich, weil die Stadt vom Feinde eingeschlossen ist.
Nur der Weg über das Meer steht uns noch offen. Dazu benötigt man allerdings ein Schiff. Und das haben wir nicht.
Ich hocke nun also auch im überfüllten Keller des Hotels. Die Kinder liegen schlafend auf den Matratzen, die wir von oben heruntergeschleppt haben. Früher wurden hier Kohlen gelagert. An den Wänden sitzt noch dick der Kohlenstaub. Die Matratzen und die weißbezogenen Federbetten wirken höchst unpassend.

Wir müssen froh sein, daß wir unterkriechen konnten. Alle anderen Keller waren schon vollgestopft. Nur hier fanden wir noch einen freien Winkel. Mit etwa zwanzig Menschen in dem engen Gelaß! Die Luft ist zum Erbrechen. Dabei sind wir erst seit wenigen Stunden hier. Ich mag mir nicht vorstellen, wie das nach Tagen hier riechen und aussehen wird. – Zwanzig Menschen, die sich nicht mehr nach draußen wagen, auch wenn sie dringend nach draußen müssen. Wir werden uns von den Tieren bald nur noch dadurch unterscheiden, daß wir uns erinnern, einmal Menschen gewesen zu sein. Irgend jemand hat in meiner Nähe eine Kerze aufgestellt. Alles um mich herum schläft. Draußen ist es nun auch endlich ruhig geworden. Nur ab und zu ein verlorener Schuß. Der Kerzenstummel wird bald verlöschen.
Ich möchte Knud so gern einmal fragen, warum die Menschen sich das eigentlich gegenseitig antun müssen.
Aber er ist so weit weg.

Am 6. März 1945

Nun hausen wir schon den dritten Tag im Kohlenkeller. Das Schießen wird von Tag zu Tag heftiger. Und immer stärker blutet nachts der Himmel über uns. In den südlichen Stadtteilen brennt es unaufhörlich.
Das Leben wird stündlich unerträglicher. Anscheinend sind wir noch nicht lange genug hier, um das alles mit dem Stumpfsinn kriegsgewohnter Menschen zu ertragen.
Nur ein alter Herr bringt noch Energie und Mut genug auf, um hinauszugehen, wenn er muß. Vorhin meinte er ein wenig befangen zu mir:
»Ein Vergnügen ist das ja nicht da draußen, aber man soll

sich doch wenigstens ab und zu mal 'ne Lunge voll frischer Luft holen, sonst verliert man am Ende noch den Glauben an die Schöpfung.«
Auch ich ging bislang mit den Kindern immer noch nach oben, plagte sie ihre Notdurft. Dadurch hatte sich eine leichte Gemeinsamkeit zwischen dem alten Herrn und mir eingestellt. Er empfand wohl, daß auch ich mich dagegen wehrte, in Kot und Gestank unterzugehen.

Einige Stunden später

Vorhin trug man den Alten herunter. Er war gerade oben gewesen, als wieder einmal die Splitter und Steine herumflogen. Aus einer Wunde am Kopf lief ihm dick und gemächlich das Blut über das Gesicht. Der Tod schien es nicht besonders eilig mit ihm zu haben. In seinen weitgeöffneten Augen lag ein tiefes Staunen. Wie fragend wischte seine Hand über sein Antlitz. Mit sanftem Nachdruck wurde sie von irgend jemandem festgehalten.
»Wer trägt ihn mit ins Lazarett?« fragte der Mann, welcher die Hand festhielt.
Peinigendes Schweigen entstand. Die Furcht breitete sich groß und mächtig im Raume aus.
Da sagte eine helle Kinderstimme neben mir laut und unbeschwert:
»Ich.«
Natürlich Uwe. Der muß stets hervortreten, wenn eine solche peinliche Stille entsteht. Das war schon zu Hause bei seinen Geschwistern so.
Nun mochte das Beschämende wohl doch so unerträglich geworden sein, daß sich in der Ecke ein Haufen Säcke zu regen begann. Ein Mann in mittleren Jahren schälte sich heraus.

»Passen Sie mal auf, daß hier keiner was klaut«, sagte er grob zu mir, hakte den Verwundeten wortlos unter und trug ihn mit nach oben. –

Unser Gepäck muß ich wohl endgültig verloren geben. Ich kann mich auch nicht entschließen, jetzt noch danach zu suchen. –

Zu essen bekommen wir von den Soldaten, die sich im Nebenkeller einquartiert haben. Die telefonieren und klappern mit Schreibmaschinen tags und nachts. Es liegt etwas Beruhigendes in dem Geräusch – daß es noch Dinge gibt, die so wichtig sind, um ihretwegen unablässig solchen Lärm zu verursachen.

Ich gehe jetzt täglich zum Hafen und erkundige mich, ob ein Schiff fährt. Meistens zucken sie dort mit den Achseln und sagen: »Vielleicht.«

Gestern muß auch eines gefahren sein, denn eine Frau aus unserem Keller ging mit ihren zwei Kindern und kehrte nicht zurück. Es kann ihr natürlich auch etwas Schlimmes zugestoßen sein, jetzt, da die Gefahr unberechenbar geworden ist. Aber ich wünsche, daß sie gesund mit ihren beiden hinwegkam.

Heute wäre ein Schiff dagewesen, wurde mir in einem Keller in der Hafengegend erzählt, den ich aufsuchen mußte, weil wieder das beängstigende Heulen in der Luft war. Es soll leer zurückgefahren sein, weil es wegen zu heftigen Beschusses nicht anlegen konnte.

Nun weiß ich auch, wie man sagt, wenn das eklige Heulen in der Luft ist: heftiger Beschuß. Es gewährt meistens schon eine ganz kleine Erleichterung, weiß man, etwas beim richtigen Namen zu nennen.

Dieters Hose ist zerrissen. Ich werde die junge Frau, die jetzt am Kellerfenster hockt und eine Kinderjacke flickt, bitten müssen, mir ihr Flickzeug für einige Minuten zu leihen. Ich muß das tun, obwohl sie kein gutes Gesicht hat.

Eine Stunde später

Ich habe nun Dieters Hose geflickt. Uwe hielt mir die Kerze dabei, die uns ein Soldat vom Nebenkeller vorhin schenkte. Jetzt muß ich nach dem Hafen und mich nach einem Schiff erkundigen. Ich habe so scheußliche Furcht, es könnte mir auf dem Wege etwas zustoßen und die Kinder könnten hier allein zurückbleiben, daß ich am ganzen Leibe bebe, steige ich die Kellertreppe hinauf. Bin ich dann auf der Straße und muß rennen und springen, um vor dem Heulen in irgendeinem Loch Schutz zu finden, so verliert sich das Beben bald.
Ich bin ein jämmerlicher Feigling. Das muß endlich einmal niedergeschrieben werden.

Am 7. März 1945

Gestern hat es mit dem Schiff nicht geklappt.
»Kommt nicht mehr«, wurde mir am Hafen gesagt.
Wie ich später erfuhr, ist es zwei Stunden darauf doch gefahren. Heute abend soll vielleicht wieder eines kommen. Ich werde es dann erneut versuchen. Etwa um sieben Uhr.
Seit Tagen beschäftigt mich eine Frage. Eine Frage, die man eigentlich nicht stellen darf. Aber dieses Buch liest doch niemand außer mir.
Da wir hierherfuhren, auf unserem offenen Güterwagen im Schneetreiben, ist das passiert. Als wir uns in dumpfer Ergebung damit abgefunden hatten, zu erfrieren, und als eigentlich nur noch fraglich war, wann das einträte, rollte

ein Zug an uns vorüber. Ein Zug, der mich immer wieder dazu neigen läßt, einfach zu sagen, er existiere gar nicht. Doch ich weiß ganz genau, daß er tatsächlich an uns vorüberfuhr. Langsam und mit unberührter Überlegenheit. In westlicher Richtung. An einem der Wagen waren die Fenstervorhänge hochgezogen. Man konnte sein Inneres genau sehen. Auf dem Fußboden lag ein Teppich. Ich verstehe nichts von Teppichen, und ich weiß deshalb auch nicht, ob er wertvoll war. In der Mitte des Wagens stand ein runder Tisch. Um ihn vier dicke Polstersessel, auf ihm vier Weingläser, eine Weinflasche und ein Aschbecher.
Das war alles. Und trotzdem war das mehr, als in uns eingehen wollte. Wir staunten mit weitaufgerissenen Augen auf das langsam vorbeirollende Wunder. Wir starrten vollständig entrückt.
Dann war es vorüber. Hier und da blickte einer den Nachbarn verlegen an. Kein Wort fiel.
Nun läßt mich die Frage nicht los, wer wohl in dem Zug gewesen ist.

Am 8. März 1945

Gestern klappte es wieder nicht. Das Schiff fuhr schon um sechs Uhr. Nun soll heute nachmittag eins kommen. Der Andrang am Hafen wird von Tag zu Tag drückender, weil jetzt fast alle Menschen weg wollen. Auch solche, die vorher zum Bleiben fest entschlossen waren. Was sich in diesen Tagen hier zuträgt, übersteigt anscheinend die Fähigkeit des Menschen, es freiwillig auf sich zu nehmen.
Habe ich schon geschrieben, daß Uwes weißes Kaninchen weg ist? Mit unserem Gepäck?
Uwe sagte bisher kein Wort darüber, und ich vermeide es ängstlich, seine Gedanken darauf zu lenken.

Heute morgen, als er sich unbeobachtet wähnte, formte er im Kellerwinkel ein Viereck aus unseren Decken. Dann sagte er bittend zu Dieter:
»Du bist jetzt unser weißes Kaninchen, und ich füttere dich. Dann mußt du deinen Kopf hinhalten, damit ich dich streichle.« –
Noch etwas vergaß ich aufzuschreiben: wie uns die Heimat zum letztenmal begegnete.
Als wir unser Gepäck noch besaßen, zogen wir eines Tages mit unserem Handschlitten durch ein kleines Städtchen mit einem geräumigen und idyllischen Marktplatz. Da kreuzten sich etliche Durchgangsstraßen, und viele Menschen kamen hier vorüber. Soldaten und Zivilisten.
In der Mitte des Platzes befanden sich drei Galgen, und an denen hing, was seit alters her an ihnen zu hängen pflegt. Um den Kindern den schauerlichen Anblick zu ersparen, wollte ich in eine Seitenstraße einbiegen. Doch das erwies sich als undurchführbar. Wir mußten daran vorbei.
Die Kinder sahen die drei, obwohl ich versuchte, auf die Schaufenster am Markt zu weisen.
Uwe schrie plötzlich laut und überrascht:
»Mutti! Das ist doch der Erhard vom Pfarrer.«
Ich blickte mich um, konnte Erhard jedoch nirgends entdecken.
»Nicht da«, berichtigte mich unser Ältester. »Dort oben.« Und wies auf den Galgen in der Mitte. Ich folgte Uwes ausgestrecktem Finger und schüttelte mit dem Kopf. Wahrscheinlich nur eine zufällige Ähnlichkeit. Wohl um mir diese tröstende Ausflucht nicht nehmen zu lassen, zog ich den Schlitten schnell weiter.
Aber Uwe hatte seinen Platz gewechselt. Gewöhnlich schob er unseren Schlitten von hinten und hatte als der Älteste darauf zu achten, daß nichts von unserer Ladung

verlorenging. Nun jedoch lief er neben mir und zog so schwach, daß er von mir mehrfach zu größerer Anstrengung ermahnt werden mußte. Vermutlich beschäftigte ihn etwas, womit er noch nicht fertig werden konnte. Gewiß dauerte es nicht lange, bis er damit herauskäme. Er befindet sich noch in dem Alter, wo Kinder glauben, ihre Eltern seien allen Schwierigkeiten gewachsen.

»Du, Mutti! Da war ein Schild«, begann er schließlich.

Ich antwortete nicht, hoffte ich doch in meiner Schwäche, er werde sich durch mein Schweigen von seinem Thema ablenken lassen. Natürlich gefehlt. Ich hätte unseren Ältesten besser kennen sollen.

»Du, Mutti! Was ist denn das, ein Deserteur?«

»Ein Soldat, der von seiner Truppe wegläuft.«

»Aber der Erhard ist doch gar keiner. Der war doch verwundet.«

»Na also. Daran kannst du schon erkennen, daß es jemand anders gewesen sein muß.«

»Nein, da stand sein Name. Mit ganz großen Buchstaben. Und darunter stand: Deserteur.«

»Vielleicht haben sie sich in dem Namen geirrt«, versuchte ich, ihn zu besänftigen. Doch sein Wahrheitsdrang war ohne Erbarmen – gegen sich und gegen andere.

»Nein, Mutti, ich habe ihn ganz genau am Mantel erkannt. Der war genau an der Stelle zerrissen wie damals bei uns in der Küche.«

Natürlich wußte ich vom ersten Augenblick an, Uwe habe recht. Ich bin anscheinend zu feig, die furchtbaren Dinge klar ins Auge zu fassen.

»Aber wo er doch verwundet war«, begann er aufs neue.

»Bitte, Uwe, höre auf«, verwies ich ihn und erkannte sofort, welchen großen Fehler ich damit beging. Nun würde in dem Jungen weiterwuchern, was ich vielleicht mit we-

nigen angemessenen Worten hätte in seine Grenzen bannen können. Allein ich konnte nicht mehr. Die angemessenen Worte gingen über meine Kraft.
Wir waren mittlerweile auf die Straße gelangt, auf welcher der Flüchtlingsstrom sich weiter nach Westen wälzte. Da erkannte ich eine Bäckerei. Und wir brauchten dringend Brot. Ich befahl den Kindern, bei unserem Schlitten zu warten, und ging hinein.
Der Laden stand voll von Frauen. Und man kann wohl nichts dagegen tun, wenn sich das Schicksal entschieden hat, einem die nackte Wahrheit ohne Gnade mitzuteilen. Da ist auch ein Bäckerladen keine Zuflucht.
»Der in der Mitte, der junge, soll sogar von 'nem Pfarrer sein«, hörte ich wie aus dickem Nebel eine Stimme. Mir wurde so schwach, daß ich getaumelt haben mochte, denn die Bäckersfrau sagte zu mir:
»Wenn Ihnen nicht gut ist, dort steht ein Stuhl.«
Ich setzte mich, und meine Schwäche zwang mich, folgende Unterhaltung zu hören:
»Na, warum soll's denn keiner sein? Sollen etwa bloß die Söhne von den kleinen Leuten hängen? Nein, jetzt kommen alle ran, wenn sie dran sind. Die Großen und die Kleinen.«
»Haben ihn gestern von 'nem Wagen runtergeholt. Seine Eltern waren auch mit drauf.«
»Ist ganz richtig, wenn sie mit solchen kurzen Prozeß machen«, entschied die Bäckersfrau. »Was soll denn werden, wenn die vorn weglaufen. Dann müssen wir noch alle von Haus und Hof.«
»Haben Sie Brot?« fragte ich und erhob mich mit Mühe.
»Brot? Woher soll denn das kommen? – Gucken Sie doch auf die Straße, was hier jeden Tag vorbeizieht. Das kann unser Backofen beim besten Willen nicht schaffen.«

Ich ging hinaus, und wir zogen weiter westwärts.
Die Heimat hat uns zum letztenmal gegrüßt. Nicht wie früher mit blütenweißem flatternden Taschentuch in einer liebevollen Hand. Nein, der Gruß hatte am Galgen gehangen, und die Zunge hing ihm weit und blau aus dem Halse. –
Die Soldaten empfangen im Nebenkeller Essen. Wir haben einige alte Blechdosen gefunden. Mit denen stellen auch wir uns an und holen uns von jeder Mahlzeit unseren Anteil.

Am 9. März 1945

Die Kinder sind weg.

Am 14. März 1945

Das ist beinahe, als habe sich ohne viel Aufhebens die Welt aufgelöst, und man lebe nur – gewissermaßen aus Vergeßlichkeit – weiter. Vielleicht auch aus Gewohnheit.
Die Kinder sind weg.
Ein kurzer und ganz einfacher Satz. Müßte jedem Menschen verständlich sein. Aber ich verstehe ihn einfach nicht. Wenn ich ihn laut vor mich hinsage, merke ich ganz deutlich, wie die einzelnen Worte in der vorschriftsmäßigen Reihenfolge aus meinem Munde kommen und wie sie in meine Ohren dringen. Aber dann gehen sie irgendwo im Nichts verloren. Ich kann mir tausendmal vorsagen: die Kinder sind weg, das nützt nichts. Das sind vollkommen leere Worte für mich. Ich könnte ebensogut mit einer Konservendose vor meinen Ohren herumklappern. Das hätte wahrscheinlich die gleiche Wirkung.

Der menschliche Verstand ist anscheinend nicht geschaffen, so etwas zu begreifen.
Wäre der Weltenraum vollkommen leer, und diese Worte würden in ihn gestoßen, könnten sie nicht verlorener sein als in mir.
Ich verstehe auch nicht, wie ich das schreiben konnte. Es gibt weder Schriftzeichen noch Papier für so etwas. Das alles erreicht nicht den Punkt, auf den allein es jetzt ankommt.
Sämtliche Versuche, das fassen zu wollen, erinnern an den Mann, der mit einem Schmetterlingsnetz Gott fangen wollte.

Am 21. März 1945

Inzwischen bin ich durch viele Dörfer und Städte gezogen. Immer weiter nach Westen.
Wäre ich doch damals noch auf das Schiff gesprungen. Man ertrinkt nicht auf jeden Fall, wenn man danebentritt, weil das Schiff schon zu weit von der Mole entfernt ist. Manchmal ziehen sie einen noch hinauf, obwohl die heute nicht gezählt werden, die im Wasser liegenbleiben.
Ja, ich hätte nachspringen sollen, auch wenn das Wasser noch so kalt gewesen wäre.
Nur meine Feigheit ist an der ganzen Sache schuld.

Am 25. März 1945

Ob das wohl alles anders gekommen wäre, hätte ich sie mit Stricken an mich gebunden?
Man kann sich eben doch nicht darauf verlassen, daß Kinderhände genug Kraft haben, sich an der Mutter festzu-

halten, wenn Hunderte von Erwachsenen dagegen drängen, stoßen, schieben, schlagen und schimpfen. Nein. Eine Kinderhand kann der entfesselten Kraft von Hunderten Erwachsener nicht widerstehen. Und die Kinderstimmen können das auch nicht, selbst wenn sie noch so laut: »Mutti!« schreien. Und ein Schiff ist froh, kann es von der Mole ablegen, fallen ringsum Granaten in das Wasser. Man darf wirklich nicht erwarten oder gar fordern, daß es wende und noch einmal anlege, nur weil am Ufer eine Frau wie irrsinnig nach ihren Kindern schreit und weil einige Kinder auf dem Schiff gellend: »Mutti!« rufen. Nein, das kann niemand erwarten oder gar fordern. Die Schiffsbesatzung darf nicht beschuldigt werden. Nur die Frau. Die hätte eben besser aufpassen müssen.
Vielleicht haben sie auf dem Schiff die Schreie der Mutter auch gar nicht gehört. Granaten haben überall eine stärkere Stimme als Kinder und Mütter. Viel stärker!
Nein, es ist wirklich niemand zu beschuldigen außer mir. Hätte ich wenigstens die Bibel noch. Die aus unserem Pakken, der schon vor Wochen verlorenging. Die von meinen Eltern.
Dann könnte ich mich bisweilen in einen stillen Winkel setzen und meine Hände darauf legen. Nur ganz leicht. Ich glaube, Gott würde mir das nicht verwehren.

Am 30. März 1945

Ich habe gebetet. Viel und lange. Jeden Tag, viele Stunden lang. Und zuweilen war mir, als sei mir Sein Ohr ganz nahe. Das waren dann sehr glückliche Minuten.
Aber das ist alles gewiß nur Selbstbetrug gewesen. Wie soll ein Gebet erhört werden, ist man nicht einmal sicher, daß es ein hörendes Ohr gibt.

Nein, auch Er ist nicht zu beschuldigen, finden meine Worte nicht Sein Ohr. Er hat den Müttern aufgetragen, an seiner Stelle über die Kinder zu wachen. Und ich habe seinen Auftrag vernachlässigt. Wie kann ich es dann überhaupt wagen, seine Hilfe zu erflehen?
Hier ist auch eine Kirche. Wo wir zuletzt waren, brannte sie. Das war die mit dem Bündel zu Füßen des Heilandes. Ob das Bündel wohl noch dort war, als sie brannte?
Also hier ist auch eine Kirche. Nicht so groß. Deshalb fühlte man sich wohl nicht ganz so verloren in ihr.
Ich erinnere mich, daß mir unser alter Pfarrer, der meine abseitige Art gut kannte, nach meiner Konfirmation sagte: »Gott ist nicht nur in der Kirche. Mitunter ist ihm die zu groß. Dann kriecht er in einen Weidenbusch und lockt im Frühling die Bienen heran, oder er nimmt Wohnung in einem Gänseblümchen, auf das sich dann ein Marienkäferchen setzt und im Winde hin und her schaukelt. Und jeder empfängt ein Krümelchen seines großen Segens, der ein wenig bei dem Weidenbusch oder bei dem Gänseblümchen verweilt.«
Aber wie kann jemand auf seinen Segen hoffen, der gar nicht mehr weiß, ob er noch lebt. – Wie ein abgesägter Baum, der auch nur so daliegt, bin ich jetzt.

Am 2. April 1945

Nein!
Gott antwortet nicht.
Ich will nicht sagen, das läge an ihm. Wahrscheinlich ist es mir nur nicht gegeben, ihn zu hören.
Vielleicht ist das kurze Wörtchen »Mutti« noch zu stark in meinen Ohren, so daß noch nichts anderes Eingang findet.

Dabei ist dieses kurze Wörtchen längst verhallt an der Mole von K. Doch in meinen Ohren nicht. Da hat es sich festgesetzt. Und beinahe ist mir, als wäre es dort festgewachsen, und es sei mit keinem Mittel zu entfernen.
Übrigens will ich es gar nicht entfernen. Tags und nachts soll es bei mir sein, damit ich der vier gewiß bleibe, genau so, wie sie meinen Ruf in ihren Ohren festhalten sollen, um meiner gewiß zu bleiben.
Nur dann sind wir eines Tages in der Lage, die Schreie auf beiden Seiten aneinanderzufügen und eine Brücke daraus zu bauen, über deren Bogen wir einander in die Arme eilen. Jetzt ist es noch nicht so weit. Jetzt sind noch zu viele andere Schreie da. Von anderen Kindern und von anderen Müttern.
Aber eines Tages werden nur noch unsere da sein. Und dann ist die Zeit der Erfüllung nahe.

Am 3. April 1945

Ob das doch nicht so leicht ist, eine Brücke aus Schreien zu bauen? Eine Brücke, die lebende Menschen trägt?
Ich bin in dieser Frage bislang ganz verschwiegen gewesen. Die Sache mit der Brücke muß mein Geheimnis bleiben, weil sonst die Gefahr besteht, daß ein Fremder kommt und unbedenklichen Fußes sie zu überschreiten versucht. Dann muß sie zusammenbrechen, denn sie kann nur den tragen, aus dessen Schreien sie zusammengefügt wurde.
Ich war inzwischen bei vielen Behörden und Wohlfahrtsstellen. Viele Achseln habe ich zucken sehen. Viele Augen habe ich in ihrer Ohnmacht oder Teilnahmlosigkeit sich abwenden sehen. Viele Hände habe ich in vielen Papieren blättern, und die Münder habe ich bedeutungs-

voll sich öffnen und bedeutungslos sich schließen sehen. Ungezählte Schreibmaschinen hörte ich wichtigtuerisch klappern. Viele Telefone hörte ich klingeln. Viele Kartotheken und viele Listen hörte ich knistern. Und viele Scheine steckte man in meine Hände mit vielen, vielen Stempeln.

Aber die Stempel wissen auch nichts, obwohl sie sich stets und in allen Ländern gebärden, als seien sie allwissend. Sie verdanken ihre Achtung hauptsächlich der Not, in die man unweigerlich gerät, hat man keine. Und je mehr Kultur ein Volk besitzt, desto mehr Stempel scheint es zu seinem Leben zu brauchen.

Selbst denjenigen bleibt es nicht erspart, stunden- oder tagelang nach ihnen anzustehen, die spöttisch und erhaben darüber lächeln. Das ist beinahe, als sei Gott in die Stempel gefahren und lasse uns nun seine Allmacht fühlen, indem er uns kältezitternd vor Rathaustüren oder vor Wohlfahrtsämtern warten läßt.

Heute bekam ich wieder einen. Und der sagt, ich müsse meine Brücke nach dem Teil unseres Landes bauen, der zwischen zwei Meeren liegt.

Und nun werde ich die vier Schreie in meine Hände nehmen und mich von ihnen führen lassen.

Einige Tage später

Natürlich hätte ich meine Ellenbogen stärker gebrauchen sollen. Die waren schon immer zu schwach. Wo es auf deren Einsatz ankam, wurde ich stets nach hinten gedrängt. Das war schon früher so, besuchte ich einmal das Theater oder ein Konzert in der Stadt. Nach Schluß hatte ich mitunter nur noch sehr wenig Zeit, um den Zug nach Hause zu erreichen. Ich eilte zur Garderobe, aber die vie-

len fremden Ellenbogen drängten mich unweigerlich zurück. Meistens verpaßte ich deshalb meinen Zug und mußte die Nacht in einem Hotel verbringen.
Seit ich verheiratet war, empfand ich diese Schwäche nicht mehr so beschämend, denn Knud hatte Ellenbogen, wenn es darauf ankam, welche zu haben. Zu seiner Ehre muß ich jedoch hinzufügen, daß er sie stets zur richtigen Zeit, am richtigen Platz und im richtigen Maße einsetzte. Das kann man leider nicht von den Ellenbogen im allgemeinen sagen. Mein Gott! Was wird Knud tun, wenn er aus dem Krieg zurückkehrt? Daran habe ich noch gar nicht gedacht. Ich kann ihm doch nicht allein entgegentreten, ganz allein mit meiner Schuld, der schwersten, die eine Mutter sich zuziehen kann.
Die Luft in meinen Lungen müßte zu glühen anfangen vor Scham und mich von innen her verbrennen. Ich kann ihm doch nicht die vielen Zettel mit den vielen Stempeln unter die Augen halten. Stempel sind doch keine Kinder. Und wenn ein Mann aus dem Krieg heimkehrt, will er kein Papier, dann will er seine Kinder sehen.
Darauf hat er einen unverbrüchlichen Anspruch.
Armer, armer Knud!

Wieder nach einigen Tagen

Nun bin ich in dem Land am Meer, wo die vielen Kiefern wachsen.
Überall gibt es hier Rathäuser und Wohlfahrtsstellen und Flüchtlingsberatungen. Und überall tun sie das gleiche: Sie zucken mit den Achseln, beschreiben Formulare, telefonieren und stempeln.
Welche Angst ich davor habe! Ich muß mich immer erst ermutigen, um in ein solches Büro eintreten zu können.

Mitunter laufe ich stundenlang vor einem Rathaus herum und finde den Mut nicht, hineinzugehen. Mit fast krankhafter Verengung starre ich immer nur auf die Schultern der Beamten, und ich finde meine Ruhe erst wieder, sobald die zu zucken anfangen.
Ich vermag nicht mehr zu zählen, wie viele meinetwegen schon zuckten. Manchmal kommt es mir vor, es müßten Millionen gewesen sein.

Noch ein paar Tage später

Seit etwa einer Woche mache ich täglich eine wichtige Entdeckung: Das Achselzucken gehört nicht nur zu den Beamten. Die Gerechtigkeit fordert diese Feststellung von mir, denn ich war bisher in dieser Frage zu einseitig. Andere Achseln zucken genau so, man braucht sie nur zu fragen, ob sie Uwe Munck, Dieter, Kurt oder Jutta kennen.
Ich habe jetzt eine Woche lang an der großen Straßenkreuzung gestanden, wo die Flüchtlinge aus dem Osten durchkommen. Und ich habe keinen Handwagen und kein Gespann durchgelassen, ohne zu fragen. Nur bei den Autos ging das nicht. Die fuhren zu schnell.
Mitunter regnete es, und mitunter schien die Sonne. Aber die Menschen können bei Sonnenschein genau so mit ihren Schultern zucken wie bei Regen. Das weiß ich nun ganz gewiß.
Heute habe ich einen Strauß, einen großen Strauß Gänseblümchen gepflückt. Die wachsen auf der Wiese bei der Straßenkreuzung. Aus ihnen wand ich einen Kranz, bunt und fröhlich. Für Jutta.
Ich stellte mich an der Straßenkreuzung auf und hielt ihn etwas von mir ab, damit er deutlicher in Erscheinung trete. Ich wartete. Lange. Bis gegen Abend. Aber sie kam

nicht. Auch die anderen ließen sich nicht blicken. Da wollte ich sie herbeizwingen.
Mitten auf die Straße legte ich nun den Kranz, stellte mich an deren Rand und wartete mit gefalteten Händen. Sie mußten jetzt endlich kommen, nachdem sie so lange mit mir Verstecken gespielt hatten. Sie mußten von dem Kranz bezwungen werden, denn Jutta liebte es, Blumen auf ihrem kleinen Kopf zu tragen.
Schließlich kam ein Auto, und dann war nur noch ein kleiner feuchter Fleck auf dem Asphalt.

Vier Tage nachher

Das letztemal habe ich von der Straßenkreuzung geschrieben, wo die Menschen mit den Achseln zucken.
Ich wartete dort noch zwei Tage. Mitunter kam überhaupt niemand, den ich hätte fragen können, denn das hatte ich endlich begriffen: Man darf nur Leute fragen, die aus dem Osten kommen. Sonst gucken einen fremde Augen groß an, und ein fremder Mund tut sich auf, aus dem tropfen die Worte:
»Sonnenkallen? Wo liegt denn das? Habe ich noch nie gehört.«
Und die Menschen fühlen sich dabei sichtlich überlegen, daß sie nicht aus Sonnenkallen sind, einem Nest, dessen man sich nicht einmal aus der Geographiestunde erinnert. Es ist doch so ungemein wohltuend, andere Orte dermaßen bedeutungslos zu wissen, daß man sich nicht im geringsten zu schämen braucht, weiß man nichts, gar nichts von ihnen. Das habe ich nun endlich alles eingesehen. Auch daß es keinen Zweck hat, einen Bauern zu fragen, der mit seinen Milchkannen zur Meierei fährt. Der kann dann gegenfragen:

»Na, wenn Sie von Sonnenkallen sind, warum stehen Sie denn hier herum und reden die Leute an?«
Und antwortet man ihm nicht, so kann er mit dem Mundstück seiner Tabakspfeife an seine Stirn tippen, wonach er zufrieden und gehobenen Mutes weiterfährt.
Dabei bin ich gar nicht verrückt. Ich habe nur meine Kinder verloren. Und das setzt mich natürlich in einen großen Gegensatz zu allen anderen Menschen. Vielleicht würden die sich ähnlich benehmen, wäre ihnen dasselbe passiert. Aber das vergegenwärtigen sich die meisten wohl nicht. Die sehen nur das Absonderliche in meinem Verhalten, und dann tippen sie mit dem Mundstück ihrer Tabakspfeife an ihre Stirn oder mit ihrem spitzen Zeigefinger.
Nein, ich bin nicht verrückt. Im Gegenteil. Mir ist jetzt vieles klar geworden, was mir vordem ganz unklar war. Zum Beispiel, daß man im April noch nicht barfuß gehen kann, weil es noch viel zu kalt ist. Früher dachte ich darüber gar nicht nach, denn ich hatte keinen Anlaß dazu. Nichts zwang mich, mir darüber Gedanken zu machen. Zu Hause brachte ich meine reparaturbedürftigen Schuhe zum Schuster und nahm ein Paar andere vom Brett. Doch hier ist nirgends für mich ein solches Brett.
Hier ist überhaupt vieles für mich nicht da, was ich für so selbstverständlich hielt wie die Luft. Unsere Zeit setzt hinter alles, auch hinter das Selbstverständlichste, ein großes und beunruhigendes Fragezeichen. Und wir? Wir Menschen? Wir sind die Opfer dieses Fragezeichens. Die einen mehr, die anderen weniger. Aber alle unterliegen ihm. Keiner kann sich ihm völlig entziehen.
Ich schrieb schon mehrfach, daß ich an der belebten Straßenkreuzung wartete. Schließlich sagte mir dort jemand: »Gehen Sie doch mal nach P. Da kommen viel mehr

Flüchtlinge aus dem Osten durch als hier. Vielleicht haben Sie dort Glück.«

Also ging ich nach P. Unterwegs kam ich wieder an eine Straßenkreuzung. Bei den meisten steht kein Haus. Aber hier stand eines. Nicht gerade groß, aber doch groß genug, um nicht übersehen zu werden. Unseres daheim war größer und neuer.

Ich klopfte an die Haustür. Eine Frau öffnete. Ich stellte meine schon tausende Mal gestellte Frage, ob zufällig hier ein Junge mit Namen Uwe Munck und mit einer Narbe an der Stirn durchgekommen sei. Vielleicht in Begleitung seiner drei Geschwister. – Die Narbe wäre besonders wichtig, weil kein anderer Junge aus Sonnenkallen ein solches Mal an seiner Stirn trüge. – Es hätte ja sein können, und es gibt ja die sonderbarsten Zufälle. In den Zeitungen liest man häufig davon. Dinge, über die man nur mit dem Kopf schütteln kann. So ungewöhnlich sind sie. Beinahe nicht zu glauben. »Zufälle?« wiederholte die Frau mißbilligend und holte mich in ihre Küche.

»Das sollen Ihre Kinder gewesen sein?« fragte sie und guckte mich ungläubig an.

»Und das bleiben sie auch«, beharrte ich. Kurzentschlossen schickte ich mich zum Gehen an, denn wo man mein Recht auf meine Kinder anzweifelt, ist meines Bleibens nicht lange. Das war mir bisher noch nicht passiert. Noch nie hatte jemand versucht, mir meine Kinder streitig zu machen. Nicht einmal die Behörden, die doch sonst so gern Ansprüche stellen, welche man nur schweren Herzens anerkennen oder erfüllen kann.

»Bei Ihrem Alter?« setzte die Frau schnell hinzu, als ich mich zum Gehen wandte. »Sie meinen wohl Ihre Enkel?« Nun muß ich doch am besten wissen, daß meine Kinder nicht meine Enkel sind. Und darüber ließ ich die Frau

nicht im unklaren. Die Stempel bewiesen es ihr auch hinreichend. Schließlich mußte sie ihren Zweifel zurückziehen.
Dann kam sie mit der Sprache heraus. Sie hätte eine Tochter gehabt, in der nahen Stadt. Vor einigen Wochen wäre deren Haus von einer Bombe getroffen worden. Gerade vor einer Stunde sei sie vom Friedhof zurückgekehrt. Sie gehe nämlich in jeder Woche mindestens einmal nach dort, um Blumen hinzubringen. Es könnte doch sein, daß die Toten sich ein wenig darüber freuten.
Wir saßen lange schweigend beieinander. Endlich meinte die Alte:
»Wenn Sie wollen, können Sie bleiben. Bei uns kommen allerlei Leute vorbei. Auch der Omnibus nach P. Zweimal am Tag. Vielleicht erfahren Sie hier etwas. Schlafen können Sie in der Kammer, wo meine Tochter früher geschlafen hat. Bevor sie heiratete.«
Ich wandte ein, daß ich eigentlich weiter müsse. Es könne doch sein, daß Uwe mit seinen Geschwistern durch P. käme, während ich hier in der Küche säße.
Die Alte schwieg einige Augenblicke nachdenklich, dann sagte sie:
»Sie können Zettel ankleben. Wie sie jetzt überall hängen. Kann sein, daß so etwas viel mehr hilft, als wenn Sie selbst dort stehen. Sie können doch nicht an so vielen Stellen sein wie die Suchanzeigen.«
Das klang einleuchtend. Die Alte ist eine kluge Frau, denn es ist ja wirklich so, daß ich trotz meines Wunsches nach Allgegenwärtigkeit nur bis zur nächsten Straßenbiegung blicken kann. Wenn dahinter nun ein solches Schild hängt, könnte ich jede Straßenbiegung mit mehr Ruhe ansehen. Ich kann hier überall Zettel ankleben. Meinem Tätigkeitsdrang sind auf diesem Gebiet keine Schranken

gesetzt. Vielleicht nimmt man am besten Reißzwecken. Leim löst sich so leicht bei Regen. Und die Zettel sollen ja auch nach einem Regen noch dort hängen. Denn es wäre möglich, daß gerade nach einem Regen jemand vorüberkommt, der etwas über Uwe Munck aus Sonnenkallen und über seine drei Geschwister sagen könnte.
Ich weiß nun, was ich zu tun habe.

Am 3. Mai 1945

Heute habe ich auf den Kalender in der Küche gesehen. Daher weiß ich das Datum. In den letzten Wochen hatte ich keine Zeit, mich darum zu kümmern. Ich hatte viel zu schreiben. Und vorher mußte ich mir Papier und Tinte und einen Federhalter aus der Stadt holen.
Über hundert Zettel sind fertig. Ich habe in der letzten Zeit wenig geschlafen. Über hundert Anzeigen in Blockschrift zu schreiben, ist für mich eine zeitraubende und anstrengende Arbeit. Besonders am Anfang fiel sie mir sehr schwer. Die Buchstaben waren mir so ungewohnt. Aber es muß Blockschrift sein, weil sie deutlicher ist. Es wäre ja nicht auszudenken, wenn jemand den Zettel sähe und ihn nicht entziffern könnte, obwohl gerade er wüßte, wo unsere vier sind. Oder jemand, der alles lesen könnte, nur meine Anschrift nicht, und der mich infolgedessen nicht zu benachrichtigen vermöchte.
Erhielt ich nachträglich Kenntnis von einem solchen Geschehen, ich wüßte wohl kaum, wie ich auch das noch tragen sollte.
Nein, nein, es muß Blockschrift sein, auch wenn sie mir noch so schwer von der Hand geht.
Meine Wirtin fragte mich heute morgen, ob ich nachts überhaupt nicht schlafe.

Da habe ich sie schweigend in meine Kammer geführt und ihr die Zettel gezeigt: über hundert Stück.
»Na, wenn Sie das so treiben, brauchen Sie sich nicht zu wundern, daß Sie aussehen wie Ihre eigene Großmutter.«
»Inwiefern?«
Die Alte deutete auf den Spiegel. Den hatte ich zwar immer schon hängen sehen und auch täglich benutzt, doch das war ohne Aufmerksamkeit geschehen. Ich hatte an wichtigere Dinge zu denken.
Nun betrachtete ich mich zum erstenmal seit langer Zeit wieder mit wachem Bewußtsein. Und es lohnt sich mitunter wirklich, sich etwas genauer im Spiegel anzusehen. Man kann da nämlich ganz merkwürdige Entdeckungen machen. Zum Beispiel, daß es durchaus nicht auffiele, sagten die eigenen Kinder Oma zu einem. Im Gegenteil, sie würden wahrscheinlich Aufmerksamkeit erregen, sagten sie Mutti. Man lernt auch plötzlich verstehen, warum man von einer alten Frau mißtrauisch angeguckt wird, spricht man von seinen vier Kindern. Ich habe das damals nicht verstanden, seinerzeit hier in der Küche. Da empörte mich das Mißtrauen so sehr, daß ich bereit war, das Haus kurzerhand zu verlassen. Um nicht als Lügnerin dazustehen, zog ich die vielen Zettel mit den vielen Stempeln aus meiner Tasche, und es gelang mir, das Unwahrscheinliche durch die Stempel überzeugend nachzuweisen.
Wenn ich bedenke, daß ich erst 35 Jahre alt bin, so will mir scheinen, es geschähe mir etwas ganz Unpassendes, dem ich mich eigentlich widersetzen müsse.
Allerdings bin ich beinahe 36, doch das eine Jahr rechtfertigt mein Aussehen nicht. Am Schmutz liegt das auch nicht. Das ist ausgeschlossen. Als ich unterwegs war, hätte es das sein können. Aber jetzt nicht mehr. Hier am

Hause ist ein Brunnen. Der gibt uns schönes klares Wasser. Und Seife habe ich genügend.
Nein, nein, am Schmutz liegt es nicht. Es liegt tiefer, viel tiefer. An dem, was hinter jedem Gesicht ist.

Am 5. Mai 1945

Von meinem Kammerfenster aus kann ich die Straßenkreuzung sehen. Dort hängt ein Schild am Stamme einer großen, starken Ulme.
Auf dem steht:

	Gesucht werden				
Uwe Munck,	geboren	am	15.	4.	1932,
Dieter Munck,	"	"	19.	9.	1934,
Kurt Munck,	"	"	5.	1.	1937
Jutta Munck	"	"	7.	12.	1939,

alle aus Sonnenkallen, Kreis Tiefensee.
Nachricht erbeten an:
Trude Munck, hier im Hause an der Straßenkreuzung.

Das war der erste Zettel, den ich schrieb. Die Buchstaben sehen nicht schön aus. Inzwischen habe ich mir durch die fortgesetzte Übung eine größere Gewandtheit erworben. Jetzt gelingen sie mir bedeutend besser. Ich muß mir allerdings auch jetzt noch viel Mühe dabei geben. Es könnte ja immerhin sein, daß sich jemand sagt, wer so schlechte Buchstaben schreibt, verdient keine Nachricht – und geht weiter – einfach weiter. So etwas darf natürlich keinesfalls geschehen.
Jetzt steht wieder einer vor der Ulme, liest den Zettel, nimmt die Mütze ab, kratzt sich bedächtig den Hinterkopf, setzt die Mütze wieder auf und geht langsam –

vorüber. Wie verschieden sich die Menschen bei der Ulme benehmen. Manche ziehen nach dem Lesen ihr Taschentuch und schneuzen sich mit viel Nachdruck, gleichsam als wolle etwas aus ihnen heraus. Die meisten jedoch wenden sich ab, als sei dies alles völlig ohne Belang. Einige lassen sich die Sache wenigstens so weit angelegen sein, daß sie mit dem Kopf schütteln.
Nun kommt eine Frau. Es müssen viele Leute hier vorüber. Ich habe einen günstigen Platz gewählt.
Auch sie liest den Zettel. Ich hängte ihn an so augenfälliger Stelle auf, daß man nur unter Überwindung der in jedem Menschen vorhandenen Neugier vorübergehen kann, ohne ihn zu lesen. Die Frau hat ein Kind bei sich, und ich sehe deutlich, wie sich ihre Hand beim Lesen unbewußt fester um die ihres Kindes schließt. Dem tut die mütterliche Hand gewiß weh, denn es fängt an zu weinen. Die junge Frau lockert jedoch ihren Griff nicht. Sie blickt jetzt vielmehr unschlüssig nach unserem Hause und dann erneut nach dem Zettel.
Schließlich schiebt sie ihre Handtasche ein wenig höher über ihren entblößten Arm und schreitet auf unsere Tür zu.
Nach einigen Schritten aber wendet sie sich wieder und strebt eilig, ihr Kind fest an der Hand, zur nahen Omnibushaltestelle.
Dort hatte es gehupt.

Eine halbe Stunde später

Es war wieder nichts. Ich bin sofort hinuntergerannt. Aber ich sah das Auto nur noch abfahren.
Die Frau saß an der linken Seite, gleich hinter dem Chauffeur. Ich erkannte deutlich ihr buntes Kopftuch.

Wenn ich doch wenigstens wüßte, was sie hier wollte. Vielleicht hat sie mir etwas über die Kinder mitzuteilen. Wahrscheinlich. Denn warum sonst ging sie auf unsere Haustür zu? Das ist ziemlich sicher.
Ich bin dem Wagen ein beträchtliches Stück nachgerannt. Aber ich habe ihn natürlich nicht mehr erreicht.
Nun werde ich zur Haltestelle gehen und warten, bis er aus der Stadt zurückkehrt. Die Frau und ihr Kind werden dann wohl mit ihm heimkommen.
Und ich kann dann immer noch fragen, was sie mir mitteilen wollte, als sie auf unsere Haustür zuschritt.

Am 8. Mai 1945

Sie ist nicht zurückgekommen. Ich bin rechtzeitig beim Eintreffen jedes Omnibusses an der Haltestelle gewesen. Die Chauffeure kennen mich schon alle, aber die Frau, auf die es ankommt, kennen sie nicht. Niemand kennt sie, auch meine Wirtin nicht, obwohl die schon seit ihrer Geburt hier wohnt. Der Krieg hat alles so durcheinandergewirbelt, daß selbst die alten Frauen auf dem Lande nicht mehr feststellen können, wer sich nähert, erblicken sie ein buntes Kopftuch.
Ich muß also weiterhin den Zettel an der Ulme schärfstens beobachten. Ich darf meinen Platz am Fenster nicht verlassen. Und sobald jemand nach dem Lesen seine Schritte wieder hierher lenkt, werde ich hinunterrennen. Schneller, viel schneller als beim letzten Male. Ich darf keineswegs wieder so lange zögern, bis der Omnibus hupt.
In den letzten Tagen ging es mit dem Schreiben der Zettel langsamer vorwärts. Ich fürchtete zu sehr, die Vorgänge an der Ulme zu vernachlässigen. Doch jetzt habe ich mir

eine gewisse Fertigkeit angewöhnt, zwei Dinge auf einmal zu erledigen.
152 Zettel waren gestern abend fertig. Da hatte ich übrigens eine gute Idee. Ich kaufte mir im nächsten Dorf einen Rotstift. Mit dem habe ich die Worte »Gesucht werden« rot unterstrichen. Dann fallen sie mehr auf, und die Menschen bleiben bereitwilliger stehen. Ich habe beobachtet, daß Rot die menschliche Neugier am stärksten reizt.

Am 9. Mai 1945

Heute morgen holte mich meine Wirtin in ihre Küche. So ginge das nicht weiter mit dem Licht, meinte sie. Die ganze Nacht über sei das wieder nicht ausgegangen bei mir.
Ich gab ihr zwanzig Mark und bedeutete ihr, dafür könne ich wohl einige Monate lang Licht brennen. Die Alte wies den Schein jedoch zurück. Das wäre es nicht. Und Gott solle sie davor bewahren, von mir Geld zu nehmen. Aber die lästerliche Verschwendung sei ihr in ihrem eigenen Hause zuwider. Gott liebe es nicht, wenn die Menschen die Nacht zum Tage machten. Sonst hätte er sie nicht zu schaffen brauchen.
Es sei offenbar seine Absicht, daß die Welt während der Nacht ruhe. Und wer dauernd dieser göttlichen Ordnung zuwiderhandle, dürfe gewißlich nicht mit seinem Segen rechnen.
Ich werde nun doch abends rechtzeitig das Licht ausdrehen müssen, denn ich mag meine Wirtin nicht verletzen.

Am 11. Mai 1945

Gestern abend wurde der letzte Zettel fertig, der zweihundertste. Ich denke, zunächst werde ich damit auskommen. In P. brauche ich sechs. Der erste kommt vors Rathaus an die Bekanntmachungstafel. Der zweite an den Holzmast bei der Autobushaltestelle. Der dritte an die alte Linde vor der Kirche. Der vierte an die Bretterwand am Bahnhof. Der fünfte an die Tür der Flüchtlingsbetreuungsstelle und der sechste an die Baracke bei der Schule. Der Omnibus fährt in einer Stunde. Ich werde mit ihm nach P. fahren, um dort die Zettel an die vorgesehenen Plätze zu heften.

Bei der Gelegenheit werde ich mir viele Schachteln Reißzwecken kaufen. Ich brauche für jeden Zettel sechs Stück, denn die müssen so fest angeheftet sein, daß sie von keinem Windstoß abgerissen werden können. Darüber hinaus muß ich damit rechnen, daß manche umbiegen oder abbrechen, besonders wenn sie in hartes Holz eindringen sollen. Ich denke, mit 50 % Zuschlag werde ich gut auskommen. Das wären dann 1800 Stück. So viele Reißzwecken muß ich heute abend besitzen, sonst kann ich morgen nicht mit meiner großen Tour beginnen. Reise-Lebensmittelmarken habe ich mir übrigens schon besorgt, auch eine kleine Karte von der hiesigen Gegend. Sonst übergehe ich vielleicht die wesentlichsten Orte. Und ich darf keinen vergessen, sonst könnte möglicherweise gerade in dem vergessenen Ort die Entscheidung für mich bereitet sein.

Das Schicksal soll stets meine Adresse zur Hand haben, wenn es mich sucht.

Am 24. Mai 1945

Meine Zettel sind alle.

Ich sitze in einem kleinen Bahnhofswartesaal an der Nordgrenze des Landes und warte auf einen Zug, der mich nach P. zurückbringen soll. Aber mit den Zügen ist es heute wie mit den Menschen. Auch sie finden nach dem Kriege noch nicht zur früheren friedlichen Ordnung zurück. Man kann wohl auch nicht erwarten, daß sie, von einem Kriege so zerschlagen wie wir, mit früherer Pünktlichkeit über alle ihnen unterstellten Dinge regieren.

Viele scheinen sich während des Krieges von der menschlichen Vorherrschaft befreit zu haben und sträuben sich nun hartnäckig, wieder unter die vergangene Botmäßigkeit zu kommen. Mit der Eisenbahn ist das auch so. Man kann noch auf den alten Fahrplänen in der Bahnhofshalle lesen, wie die früher bis ins letzte vom Menschen beherrscht wurde. Und nun? Tagelang muß man warten, bis man auf einen Güterwagen springen kann. Aber mitunter fährt er auch gerade vorüber, wenn man den Bahnhof betritt, und man steht dann mit langem Gesicht da und sieht dem davonfahrenden Zuge nach, während sich eine eigentümliche Leere in einem ausbreitet. Und aus einer solchen Leere entspringen leicht Handlungen, deren man sich vorher kaum für fähig hielt. Gute und schlechte – wahrscheinlich mehr schlechte.

Ich habe lange Zeit nichts in dieses Buch geschrieben. Das lag daran, daß die Zettel wichtiger waren. Doch jetzt ist das getan. Es gibt keine Straßenkreuzung, keine Anschlagtafel in einem größeren Ort dieses Landes, wo nicht die vier Muncks gesucht werden.

Auch die Bahnhöfe habe ich nicht vergessen. Dort halten sich immer Menschen auf, die unterwegs sind. Und an

die wendet sich meine Frage in besonderem Maße. Bei denen ist es am wahrscheinlichsten, daß sie meinen Kindern irgendwo begegnen.
Aber nun muß ich zurück in das Haus an der Straßenkreuzung. Es ist doch möglich, daß inzwischen Nachricht einging: Tausende werden meine Zettel gelesen haben. Und es ist durchaus denkbar, daß einmal jemand auf unsere Haustür zugeht und nicht wieder umkehrt, wenn der Omnibus hupt. Und außerdem braucht der nicht jedesmal zu hupen, wenn einem etwas Wichtiges, etwas sehr Wichtiges mitgeteilt werden soll. – Es kann auch einmal einen Menschen geben, dem es nicht gleichgültig ist, daß die vier Muncks gesucht werden. Der sich vielleicht einen Stuhl an seinen Tisch zieht, die Brotkrumen mit seinem Ärmel von der Tischplatte wischt und dann Tinte und Federhalter und Schreibpapier aus dem Küchenschrank holt, um mir zu schreiben. Ich muß schon deshalb so schnell wie möglich zurück in das Haus an der Straßenkreuzung, weil ich doch an jedem Vormittag auf den Briefträger warten muß. Vor dem Hause werde ich warten. Er kommt stets zwischen 10 und 11 Uhr. Man kann ihn schon von weitem aus dem Dorf herauskommen sehen auf seinem Fahrrad. Ich werde sehr freundlich »Guten Morgen!« zu ihm sagen. Sehr freundlich, weil er dann gewiß williger ist, in seiner Tasche nach einem Brief an Frau Trude Munck zu suchen, auch wenn er genau zu wissen meint, daß keiner da ist. Es könnte doch sein, daß er noch einen findet, der seiner Aufmerksamkeit entging, weil er sich hinter einem anderen verbarg.
Es ist überhaupt richtig, zu allen Menschen sehr freundlich »Guten Morgen!« zu sagen, weil jeder etwas von meinen Kindern wissen kann.
Ich habe übrigens hier in den Dörfern drei Familien aus

Sonnenkallen getroffen, an verschiedenen Orten. Bauern. Die wußten auch nichts. Denen war noch nicht einmal die Geschichte mit dem Sohn unseres Pfarrers bekannt. Müde bin ich, als hätte ich ein Jahrhundert lang nicht geschlafen. Doch ich darf es mir noch nicht gestatten, müde zu sein, denn das Schicksal liebt die Müden nicht.

Am 17. Juni 1945

Wieder habe ich lange Zeit dieses Buch nicht angerührt. Was hätte ich auch hineinschreiben sollen? Daß ich warte? Davon habe ich schon hinreichend geschrieben. Und im Grunde genommen habe ich in den vergangenen Wochen überhaupt nichts anderes getan. Alles, was ich sonst tat, diente nur dazu, mir das weitere Warten zu ermöglichen: das Essen und das Trinken zum Beispiel.
Ich sitze an meinem Fenster und blicke nach der Straßenkreuzung. Den Zettel an der großen alten Ulme habe ich schon zweimal ausgetauscht, damit er durch seine neugeschriebenen Buchstaben erneute Aufmerksamkeit erregt. Ich habe nämlich in den vergangenen Wochen die Menschen beim Lesen scharf beobachtet. Dabei stellte ich fest, daß die meisten dem Anschlag nur geringe Teilnahme zollten. Der Zettel an der Ulme war zur Gewohnheit geworden. Er gehörte beinahe zu ihr wie ihre Rinde.
Ich entschloß mich also, ihn auszutauschen und ihm ein anderes Format zu geben, so daß es schien, als sollte hier eine neue Aufforderung an die Vorübergehenden gerichtet werden. Diese Maßnahme hatte einen vollen Erfolg. Selbst die täglichen Passanten blieben wieder stehen und lasen. Sie zuckten zwar wieder mit den Achseln oder gingen gleichgültig weiter, aber erst – nachdem sie gelesen

hatten. Nun wissen sie, daß die vier Muncks noch immer gesucht werden und daß mein Papier nicht nur aus Nachlässigkeit noch dort hängt. Mir muß es jetzt darauf ankommen, daß die Menschen meine Zettel immer und immer wieder lesen. Vielleicht fällt es ihnen erst beim zweiten oder dritten Male ein, daß sie vor längerer Zeit einen Jungen mit einer Narbe an der Stirn sahen, der von drei kleinen Kindern begleitet wurde.
Auch die Anschläge in P. habe ich erneuert, denn auch dort werden die Menschen nicht anders sein als an unserer Straßenkreuzung. Dort werden ebenfalls die meisten achtlos an einem Zettel vorübergehen, hängt er täglich unverändert an seinem Platze.
Die anderen im Lande werden noch hängen, wie ich sie anheftete: an den Bahnhöfen, an den Kirchen, an den Rathäusern, an den Flüchtlingsbaracken, an den Chausseebäumen und vor den Kinos.
Eigentlich müßte ich auch die auswechseln. Doch ich wage nicht, mich so lange und so weit von hier zu entfernen. Es könnte doch gerade dann jemand kommen, der mir wichtige Kunde bringen will. Ich habe auf diesem Gebiete warnende Erfahrungen. Mit der Frau und dem Kinde zum Beispiel. Wäre ich damals schneller gewesen, brauchte ich heute vielleicht nicht am Fenster zu sitzen und zu warten.
Nein, man muß stets alle Sinne offenhalten und jederzeit einsatzbereit sein.
Meine Wirtin ist nicht mehr so freundlich wie am Anfang. Sie sagt zwar nichts mit Worten, aber ihre Blicke reden sehr deutlich. Sie verraten, daß die Alte höchst unzufrieden mit mir ist. Wahrscheinlich hält sie mich für faul. Und da sie selbst sehr fleißig ist, muß ihr meine vermeintliche Faulheit besonders strafwürdig erscheinen.

Den ganzen Tag am Fenster sitzen und dem lieben Gott die schönen Tage abstehlen, das ist wohl ihre Meinung über mich. Heute morgen las ich in ihrer Küche ein eingerahmtes Plakat, das mir bislang noch gar nicht auffiel. Es kann auch erst aufgehängt worden sein – vielleicht eigens für mich. Auf dem stand: »Müßiggang ist aller Laster Anfang.« Ich merkte wohl, wie die Alte mich verstohlen von der Seite beobachtete, als ich es las. Ich tat, was man immer tut, wird eine ernste und folgendschwere Erkenntnis mit verstecktem Anspruch vor einen gestellt: Man benimmt sich, als ginge einen die Sache nichts an.
Mehrmals versuchte die Alte, mich zu Arbeiten im Hause heranzuziehen. Ich war gern dazu bereit, jedoch nur unter der Bedingung, daß ich sie nachts erledigen dürfe, weil ich doch tagsüber am Fenster sitzen und die Straßenkreuzung beobachten muß. Nun trägt sie mir keine Arbeiten mehr an, läßt mich allerdings auch nicht im Zweifel, daß es ihr keine Freude sei, eine solche Tagediebin in ihrem Hause zu beherbergen.
Gestern dachte ich übrigens, die junge Frau mit dem bunten Kopftuch wäre an der Straßenkreuzung. Sie las wieder meinen Zettel, blickte wieder nach dem Haus und ging dann Richtung Omnibushaltestelle weiter. Ich eilte hinunter und mußte feststellen, daß sie es nicht war. Nur das Kopftuch war dasselbe.
Habe ich schon geschrieben, daß ich seit Wochen stets an der Haltestelle stehe, sobald ein Omnibus eintrifft? Es könnte doch sein, daß die junge Frau wirklich eines Tages zurückkehrt.

Am 26. Juni 1945

Heute kam ein Soldat vorüber. Er sah ziemlich heruntergekommen aus. Es ist auffällig, wie verwahrlost jetzt alle unsere Soldaten aussehen. Die meisten putzen sich nicht einmal mehr ihre Stiefel. Ihre Gesichter sind müde und unrasiert.

Obwohl sich der Soldat kaum von seinen Kameraden unterschied in seiner äußeren Verwahrlosung, hatte ich doch sofort den Eindruck, er werde nicht mit der Achsel zucken, läse er meinen Zettel.

Und so war es auch. Er las und kam dann auf unser Haus zu. Ich eilte auf die Straße, in Strümpfen. Doch das merkte ich erst viel später.

»Was wissen Sie von meinen Kindern?« fragte ich ihn, noch ganz außer Atem vom schnellen Laufen.

»Von Ihren Kindern?« fragte er sehr erstaunt zurück.

»Warum wollen Sie denn sonst in dieses Haus?«

»Weil ich aus der Gegend bin – aus der Nähe von Sonnenkallen«, erwiderte er düster und fern jeder Freude, die man in der Fremde unwillkürlich empfindet, begegnet man einem Menschen aus der Heimat. Ich schwieg und mochte ihn wohl so enttäuscht angesehen haben, daß er schneller zu reden fortfuhr, als es seiner langsamen und schwerfälligen Art lag.

»Aus Sandbruch«, sagte er. »Vier Kilometer von Sonnenkallen entfernt. Ich komme direkt von da – von – von zu Hause.« Bei den Worten »zu Hause« mußte er sich erst einen deutlichen Ruck geben. Erst dann gelang es ihm, sie auszusprechen.

»Von Sandbruch? Und in Sonnenkallen? Wie sieht's denn da aus?«

»Wie überall – leer. Kein Mensch mehr da. Ab und zu läuft

noch ein verwildertes Pferd oder ein verwilderter Hund herum. Auf den Spuren wächst das Unkraut und auf den Äckern auch. Sogar auf den besten Äckern. Die meisten Höfe sind ausgebrannt, meiner auch. Vollkommen. Die meisten Kirchen ebenfalls. Die von Sonnenkallen steht noch – zum Teil. Ich habe eine Woche lang in ihr geschlafen. Weil ich dachte, das wäre ein guter Platz für einen Soldaten, der aus dem Kriege heimkehrt und die Heimat nicht mehr findet.«

»Und sonst? Was ist sonst in Sonnenkallen?«

»Nichts Besonderes. Mitunter kommt einer und pflückt das Obst von den Sträuchern. Wenn die Äpfel reif sind – der große Apfelbaum in meinem Garten steht noch –, dann werde ich vielleicht noch einmal zurückkehren. Vielleicht. Ich weiß das noch nicht genau.«

»Und warum taten Sie, als wollten Sie mir etwas sagen?«

»Ich? Eigentlich wollte ich etwas fragen. Aber Sie werden es wohl auch nicht wissen.«

»Was?«

»Schließlich könnte es doch sein – möglich ist es immerhin. Irgend jemand muß es doch wissen.«

»Das denke ich auch. Und was wollten Sie fragen?«

»Wo meine Kinder sind!«

Am 18. Juni 1945

Wenn die Soldaten jetzt nach Hause zurückkehren, dann kann auch Knud eines Tages eintreffen.

Mein Gott! Daß ich hieran noch gar nicht gedacht habe!

Vor vielen Wochen hörte ich schon, der Krieg sei aus. Ich beachtete das kaum. Dabei hätte mir das von höchster Wichtigkeit sein müssen. Schon Knuds wegen.

Wenn er also eines Tages zurückkehrt, ist kein Mensch

im Hause. Im Dorfe vielleicht auch keiner. So darf das doch nicht sein, wenn ein Soldat nach einem sechsjährigen Kriege heimkommt. Er muß dann doch wenigstens seine Kinder wiederfinden. Darauf hat er einen Anspruch an seine Frau. Einen heiligen Anspruch!
Die treibt sich statt dessen in der Welt umher und sitzt an einem Fenster, um tagaus, tagein auf eine Straßenkreuzung zu starren.
Und Knud?
Der wird inzwischen vor dem erloschenen Herd sitzen. Und nirgends wird ein Laut sein im Hause. Doch. Vielleicht das Quieken der Ratten, die sich um die letzten Speisereste balgen.
Nein, so darf das keinesfalls sein.

Am 19. Juni 1945

Ich bin jetzt ganz ruhig. So ruhig, wie ich es seit Monaten nicht war. Weil ich mich nun entschieden habe. Mir ward ein Zeichen.
Ich saß in der vergangenen Nacht am Fenster und blickte dahin, wo die Ulme mit dem Zettel sein mußte. Ringsum war es dunkel und ernst, beinahe feierlich.
Gerade als ich dachte, eigentlich müßte mir von oben endlich einmal ein Fingerzeig werden, der meine quälende Ungewißheit beseitigen könnte, kam er. Denn, genauer besehen, wäre es doch eine schwer begreifliche Ungerechtigkeit, daß Gott nur Rechte über uns haben soll, während wir ihm ohne jede Beschränkung unterworfen sind. Also gerade in diesem Augenblick erschien ein Stern über der Ulme und zog schnell über das ganze Himmelsgewölbe einen großen leuchtenden Bogen von Westen nach Osten, um dort in der Unendlichkeit zu ver-

sinken. Wenn Gott einen Finger hat, dann könnte er das gewesen sein. Und der wies nach Osten.
Doch bevor ich dem Zeichen folge, muß ich erst noch die Gewißheit haben, daß ich die Kinder hier nicht im Stiche lasse. Mich darf auch ein Stern nicht zu einer Pflichtvergessenheit verleiten. Wie sollte ich Knud sonst in die Augen sehen können?
Nein, mir ist erst dann erlaubt, nach Hause zurückzukehren, wenn ich die Sicherheit habe, daß ich die Kinder dort finde.
Dann werde ich keinen Augenblick zögern, brauche ich doch dann Knud nicht mit dieser Schuld entgegenzutreten. Mit der größten Schuld, mit der eine Mutter vor dem Vater ihrer Kinder stehen kann.

Am 20. Juni 1945

Die Bestätigung ist da. Ich wußte doch, daß sie mir gesandt würde. Aber ich glaubte nicht, daß sie so bald käme.
Ich habe Jutta, unser Jüngstes, wiedergefunden. Das ging ganz einfach zu. Wie alle wahrhaft großen Dinge einfach daherkommen. Geburt und Tod zum Beispiel; oder die Sonne, die auf eine Blume scheint, oder auch ein Vogel, der in einem Apfelbaum sein Nest baut.
Ja, von so einfacher Natürlichkeit war das auch mit Jutta. Ich war wieder einmal an der Haltestelle. Die Frau mit dem bunten Kopftuch war jedoch wieder nicht mitgekommen. Der Omnibus entschwand hinter einer Bodenwelle meinem Blick, und die Menschen hatten sich verlaufen. Ich stand allein auf der Straße. Gerade als ich in das Haus gehen wollte, sah ich ihn. Ich weiß ganz genau, daß er vorher nicht da war. Mir entgeht nichts, was sich

bei der Ulme ereignet. Ganz unvermittelt und ohne jede Ankündigung war er gekommen. Ein kleiner Puppenwagen, wie man ihn täglich bei günstigem Wetter auf den Straßen sehen kann, von kleinen Mädchen geschoben mit mütterlichen Gebärden, die sie von den großen Frauen abgeguckt haben. Eigentlich war nichts Besonderes an ihm. Der Omnibus hupte in der Ferne.

Das Sonderbare ist: Ich sah nicht, daß der Puppenwagen dem Auto entnommen worden wäre, und trotzdem war er da… Wirklich. Es war nicht anzuzweifeln. Genau unter dem Schild, auf dem steht, daß die vier Muncks gesucht werden.

Sofort war ich mir im klaren, das gelte mir, dies sei die erwartete Bestätigung. Und ich war so betroffen, daß ich kaum wagte, mich zu rühren. Wie ein Bann lag es zwischen mir und dem kleinen Wagen. Da sah ich, wie jemand aus dem Dorfe kam. Und nun brach der Bann. Frei und unbehindert konnte ich zu dem Wagen eilen und Jutta herausnehmen.

Ich rannte mit ihr ins Haus und verbarg sie in meinem Bett. Denn das erkannte ich sofort: Meine Wirtin darf das nicht wissen. Sie wird nicht wünschen, daß ich ein Kind in meinem Zimmer beherberge, das so ungepflegt aussieht und das vielleicht mit Ungeziefer behaftet ist. Außerdem müßte Juttas starres Gesicht die Alte sehr befremden. Die wäre imstande, in ihrer ungeschminkten Art zu sagen, das sei nur eine Puppe wie alle anderen auch. Und ich solle mir kein dummes Zeug einreden. Überdies stehe es mir als erwachsenem Menschen nicht an, noch mit Puppen zu spielen.

Sie kann ja nicht wissen, daß der äußere Schein trügt und daß etwas Tieferes, etwas viel Tieferes dahintersteckt.

Ich habe dann die Tür von innen verriegelt und Jutta gewaschen und gekämmt. Danach haben wir uns zusammen auf mein Bett gelegt, und da hat Jutta zum erstenmal zu mir gesprochen. Ganz deutlich und mit einem Drängen in der Stimme, dem eine bezwingende Kraft innewohnte.

»Ich will nach Hause, Mutti. Sofort! Uwe und Kurti und Dieter warten doch auf mich. Die haben sich im Schuppen versteckt. Und dreimal haben sie schon gerufen, daß ich sie suchen soll. – Hörst du nicht? Mutti! – Da! Da ist es wieder. Das war Uwe. Der ist bestimmt inzwischen ins Schilf am See gekrochen. Dort versteckt er sich immer, wenn er es ganz schwer machen will.«

Und da hörte auch ich sie. Laut und deutlich, als wäre ich in unserer Küche zu Hause.

Nun gibt es kein Zögern mehr:

Morgen früh gehen wir.

Am 2. Juli 1945

Allerlei habe ich inzwischen erlebt.

Ich bin viele Tage von Sonnenaufgang bis Sonnenuntergang gen Osten gewandert. Mitunter bin ich auch gefahren. Mit der Bahn oder mit einem Auto, das gerade des Weges kam. Meistens aber bin ich gelaufen. Und das war auch am besten. Nichts war schöner an dem weiten Weg, als durch die unmittelbare Berührung der Füße mit der Erde zu spüren, wie man der Heimat allmählich näher kommt, wie einem der Boden von Tag zu Tag vertrauter wird.

Dazu hört man die Bäume am Straßenrand rauschen und die Bäche plätschern. Man riecht die Schafgarbe und den Rainfarn, läßt man sich erschöpft am Wegrand niedersinken. Zuweilen tippen die Regentropfen auf die Haut, und zuweilen streicht der Wind trocknend darüber. Zuweilen treibt einem die Sonne den Schweiß aus den Poren, und zuweilen krümmt man sich vor Frost zusammen. Besonders nachts in den Heuhaufen oder in den ausgebrannten Kirchen.

Ja, ich habe in vielen Heuhaufen geschlafen. Es schläft sich gut da. Man muß nur nicht anspruchsvoll sein. Aber Jutta und ich sind das nicht. Sie hat sich brav benommen während unserer langen Reise. Nie weinte oder klagte sie. Mit allem zufrieden, schlief sie mit mir ohne Murren, wo wir uns auch niederließen. Wir haben gemeinsam gefroren und gemeinsam geschwitzt, gemeinsam gehungert und gemeinsam gegessen, gemeinsam gedurstet und gemeinsam getrunken. Die gleiche Sonne brannte auf unseren Köpfen, und der gleiche Wind trocknete den Regen in unseren Gesichtern.

Und nachts – das war dann wohl das Schönste nach dem, was ich von den Füßen sagte – nachts war die gleiche Ewigkeit über uns mit dem Orion und dem großen Wagen.

In diesem Punkte scheint unsere jetzige Lebensweise einen entschiedenen Fortschritt zu bedeuten. Erwachte man früher einmal in der Nacht, dann sah man über sich eine kühle und abweisende Zimmerdecke. Jetzt aber sieht man gleich beim ersten Blick in das, was unveränderlich über uns gesetzt ist.

Ich bin wieder in der Stadt, wo seinerzeit der Pfarrerssohn hing. Nun hängt er nicht mehr da. Auch die anderen beiden nicht. Ich hatte mir einen schönen Rosenstrauß in einem der verlassenen und verkommenen Gärten gepflückt. Blutrote Rosen! Die wollte ich zu seinen Füßen niederlegen.

Natürlich hätte ich mir denken sollen, er werde nicht

mehr da hängen nach so langer Zeit. Aber in einem Zustand geistiger Verwirrung schien es mir, als müsse die Zeit an jenem Orte stehengeblieben sein.
Gerade als ich mit meinem Blumenstrauß ein wenig verlegen unter dem leeren Galgen stand, kam ein Mann mit einer Säge. Er kroch unter einem zertrümmerten Haus hervor und näherte sich mir mit mißtrauischen Blicken.
»Was wollen Sie denn hier?« fragte er.
»Ich bin auf der Durchreise«, antwortete ich. Das Wort »Durchreise« erschien mir sofort höchst unpassend. Das gehört zu Menschen, die einen Lederkoffer von Hotel zu Hotel tragen, an weißgedeckten Tischen sitzen und jederzeit laut und selbstbewußt: »Ober« rufen können. Bei meinen nackten Füßen und meiner verwahrlosten Kleidung wirkte das Wort wie Anmaßung.
»So? Und warum bleiben Sie denn gerade hier stehen?« forschte der Mann mißlaunig weiter.
»Weil hier ein Mensch gehangen hat, den ich kenne. Einer aus meiner Heimat.«
»Hier haben mehrere gehangen«, murmelte er ein wenig zugänglicher.
»Der in der Mitte war es.«
»Ach der? War wohl was Besseres? Wie? Hatte noch seine Brille auf, als es längst mit ihm vorbei war.«
»Dafür konnte er wohl kaum.«
»Na ja, mag sein. Hätten sie ihm natürlich auch vorher abnehmen können. Sieht 'n bißchen komisch aus – mit 'ner Brille da oben. – Aber mußte eben alles schnell gehen damals. Auch die Gerechtigkeit. Vielleicht manchmal zu schnell. Ist nie gut, wenn die es zu eilig hat. Jetzt aber haben wir Zeit, viel Zeit. Mitunter kann man kaum glauben, daß es überhaupt so viel gibt.«
Der Mann schwieg und ich auch. Er beguckte sich seine

Säge und war sich augenscheinlich nicht im klaren, ob er damit nun beginnen könne.

»Wo ist denn der mit der Brille geblieben?« erkundigte ich mich. Der Alte zuckte mit seinen herabhängenden Schultern. »Weiß keiner. Sind eine Menge Soldaten hier durchgekommen. Erst unsere und dann die fremden. Unsere haben die drei hängen lassen. Die fremden müssen sie abgenommen haben. Als ich eines Morgens aus meinem Kellerloch herausguckte, waren sie weg.«

»Und auf dem Friedhof sind sie nicht?«

»Friedhof? Wozu denn Friedhof? Erde ist überall.«

Ich nickte. Er spann den einmal aufgenommenen Gedanken weiter.

»Außerdem wird hier keiner mehr gebraucht. Hier kann's nur noch eine Leiche geben.«

»Wieso?«

»Mich.«

»Und die anderen?«

»Hier gibt's keine anderen mehr.«

»Ach so.«

Nun trat eine Gesprächspause ein. Der Alte begann, einen der drei Galgen abzusägen. Ohne Hast. Da war niemand, der ihm diese Ernte hätte streitig machen wollen. Polternd fielen die schweren Balken auf das holprige Pflaster.

»Gibt gutes Feuerholz«, meinte er und klopfte mit dem Knöchel seines mageren Mittelfingers auf das Holz. »Man muß ein wenig für den Winter vorsorgen.«

Er sägte die großen Stücke kleiner.

»Ist das Ihr Kind?« fragte er in einer Arbeitspause und deutete auf das Verhüllte in meinem Arm.

»Ja, mein kleinstes.«

»Zeigen Sie mal! Habe schon lange kein Kind mehr gesehen.«

Ich lüftete die Decke ein wenig. »Das ist doch –«. Er vollendete den Satz nicht. Ich wußte jedoch genau, was er sagen wollte.

Es ist komisch, wirklich sehr komisch, daß alle Menschen glauben, Jutta sei eine Puppe. Sie lassen sich alle von ihrem Äußeren täuschen. Keiner erkennt, was dahintersteckt.

Dabei hat Jutta eine Seele, sogar eine sehr empfindliche. Aber das weiß nur ich.

Das ist mein Geheimnis. Und daraus, daß Jutta eine Seele hat, geht einwandfrei hervor, sie kann gar keine Puppe sein. Oder hat irgendwer schon einmal gehört, daß eine Puppe eine Seele hätte?

Juttas Äußeres ist nur Tarnung. Das gehört wohl zu unserer Zeit, diese Sucht, alles vor anderen Menschen zu verbergen, weil man sich stets und überall vor Feinden sichern zu müssen glaubt.

Aus diesem Grunde hat Jutta die Erscheinung einer Puppe angenommen. Solche frühe Weltklugheit mag befremdend sein. Aber ich bin zu sehr geschwächt, sie ihr abgewöhnen zu wollen. Ich weiß nämlich ganz genau, daß ich auf Jutta noch viel mehr achten müßte, liefe sie ohne Tarnung umher. So bin ich sicher, daß niemand nach ihrem Leben trachtet, weil man ihr gar keines zutraut. Das erspart mir viele Sorgen und viel Furcht. Deshalb, also aus ganz eigennützigen Beweggründen, lasse ich die Menschen alle in ihrem Irrtum.

Ich weiß es besser, zeigt sich mir ihr Inneres doch in jeder Nacht. Wenn wir zusammen in den Ruinen einer Kirche liegen zwischen rauchgeschwärzten Mauern, dann regt sie sich, leise und verschwiegen: gewissermaßen auf Zehenspitzen kommt ihre Seele dann zu mir. Dicht beieinander liegen wir, während die Sterne über uns ihre

Bahn durch die Unendlichkeit ziehen. Und es ist uns beiden in jenen Augenblicken, als zögen wir mit ihnen, ein Stück fließende Zeitlosigkeit. –

Der Alte warf mir einen beinahe furchtsamen Blick zu, wandte sich ab, nahm einen Balken über die Schulter, schritt schwer über den Marktplatz und verschwand in seinem Keller.

Das ist nun wieder komisch, sehr komisch. Sobald die Leute Jutta gesehen haben, brechen sie meistens das Gespräch mit mir ab und gehen. Offenbar halten mich alle für verrückt. Dabei habe ich wirklich noch niemanden gebeten, sich Jutta anzusehen. Im Gegenteil, weil ich weiß, welche Wirkung sie auf Menschen ausübt, versuche ich stets, sie vor fremden Augen zu bewahren. Aber mißlang mir das einmal, so traf mich immer der scheue Blick wie bei dem Alten.

Und jedesmal fiel eine Tür vor mir ins Schloß, oder ängstliche Schritte eilten hinweg. Auch das ist vielleicht ganz gut so. Es scheint fast, als sei Juttas weltkluge Tarnung nicht nur ein Schutz für sie, sondern auch für mich. Schon mehrfach begegnete ich Menschen, die mich nur Böses erwarten ließen. Aber sobald sie Jutta erblickten, ließen mich alle ungeschoren. Der eine oder andere murmelte noch ein: »Total verrückt!« Dann aber zogen sie sich schnell zurück. Es ist doch höchst ungewöhnlich, daß ein Kind die Kraft besitzt, alle Bösewichter in die Flucht zu treiben, die sich seiner Mutter nähern wollen. Ist das nicht ein weiterer Beweis dafür, welch starkes inneres Leben in Jutta wohnen muß?

Der Alte ist nicht wiedergekommen. Ich legte meinen Strauß auf einen der umherliegenden Balken. Vor Blumen wird er wohl keine Angst haben, auch wenn sie von mir sind. Dann ging ich wieder zur Kirche zurück. Ich habe nämlich unter deren zertrümmertem Altar einen Beutel mit Kartoffeln verborgen.

Am 8. Juli 1945

Ich bin nicht der einzige Mensch, der mit einem Sack auf dem Buckel nach seiner Heimat zieht. Männer und Frauen sind gleich mir dahin unterwegs. Manche tragen noch Schuhe, aber manchen fielen die auch wie mir längst in Fetzen von den Füßen. Sie verbringen wie ich ihre Nächte in verlassenen Scheunen oder Kirchen. Und sie werden genau wie ich von der Sucht vorwärtsgetrieben, ihre Frau oder ihren Mann, oder ihre Kinder zu finden. Sie gönnen sich keine Ruhe, wenn Blut aus ihren Füßen quillt oder wenn sich der Eiter aus ihren Wunden mit dem Staub der verkommenen Wege mischt. Sie nähren sich wie ich von den Resten, die der Krieg in zerstörten Bauernküchen oder auf verwilderten Äckern für unsereins zurückließ. Mitunter kommt es vor, daß sich mir einer dieser Ruhelosen anschließt. Wenn dann über das Wohin und Woher und Wozu gesprochen worden ist, tritt gewöhnlich tiefes Schweigen ein. Die nichtssagenden Höflichkeiten sind unter uns nicht üblich. Wir verstehen uns durch den gleichen Takt unserer nackten Füße oder durch den Wind, der uns das Blut in den Adern zurückstaut.
Am Abend trennen wir uns stets. Die Gemeinsamkeit des Tages weicht einem unüberwindlichen Mißtrauen. Keiner will in der Wehrlosigkeit des Schlafes einen anderen Menschen neben sich haben. Es finden sich immer Gründe, weshalb man bei anbrechender Dunkelheit auseinandergehen muß. Und es geschah mir noch nie, daß ein solcher Grund – war er noch so ungeschickt gewählt – nicht anerkannt worden wäre.

Gestern passierte mir dies zum erstenmal. Das machte mich sofort stutzig. Äußerste Vorsicht schien mir am Platze. Und in der folgenden Nacht erwies sich meine Vorsicht auch als berechtigt.

Wir fanden Unterschlupf in einer nur halb zerstörten Scheune. Reichliches Stroh versprach einen Schlaf, aus dem man nicht von der Kälte fortwährend geweckt wird und nach Osten starrt, um Trost durch den heraufsteigenden Tag zu empfangen.

Ich besaß noch ein Stück Brot. Das hatte eine Frau, wohl absichtlich, vor mir fallen lassen. Ein schneller Griff, und der köstliche Fund war in meinem Sack verschwunden.

Nun teilte ich das Stück redlich in zwei Teile, und meine Weggefährtin kaute ebenso schweigend darauf herum wie ich. Bis jetzt hatte sie übrigens noch nicht nach Jutta gefragt, und ich hütete mich, sie darauf hinzuweisen.

Kaum konnte sie mit Essen fertig sein, als sie auch schon schlief. Ich belauschte mißtrauisch ihre Atemzüge. Die schienen tief und klar zu sein, ohne Falsch und ohne Hinterlist. Beruhigt wandte ich mich zur Seite, umschlang Jutta und schlief gleichfalls ein.

Ich wurde sofort hellwach, als jemand versuchte, mir etwas aus den Armen zu ziehen. Das galt Jutta!

Ich preßte sie fest an mich und stieß heftig mit meinem Fuß in das Dunkel. Ein Schrei folgte, und die schimpfende Stimme meiner Weggenossin erklang: »Sind wohl ganz verrückt – mit Ihren Füßen!«

Ich schwieg.

»Schließlich können Sie mir doch mal ’nen Augenblick Ihr Kind leihen. Meines hieß Gerda. War auch ungefähr so alt wie Ihres.«

In meiner Ratlosigkeit fand ich keine Antwort.

»Möchte nur wieder mal sehen, wie das ist, wenn man ’n

Kind auf dem Arm hat«, drängte sie. Und ich gab nach. Zum erstenmal. Noch nie hatte Jutta auf einem fremden Arm gelegen.

Ihre Hände kamen mir im Dunkeln entgegen. Sie faßte behutsam das dargereichte Bündel. Die Frau saß neben mir im Stroh. Jede ihrer Bewegungen wurde durch mehr oder weniger starkes Rascheln verraten. Sie konnte nicht ungehört mit dem Geliehenen davonschleichen. Das beruhigte mich sehr.

Die Geräusche neben mir nahmen rhythmisches Gleichmaß an, und dazu wurde das alte Kinderschlaflied gesummt: Schlaf, Kindchen, schlaf –

Jutta war wohl von der fremden Stimme und von dem fremden Arm so erschrocken, daß sie nicht aus sich heraustrat, wie sie das sonst nachts zu tun pflegt. Und die Frau war gewiß von der Leblosigkeit auf ihrem Arm enttäuscht. Das Rascheln hörte auf. Es wurde vollkommen still.

Ich hatte wie erstarrt dagelegen. Endlich trat wieder Leben in mich. Ich erhob mich halb. Da hörte ich, wie suchende Finger an dem Bündel herumnestelten. Dann ein greller Schrei, mißtönend und voll Entsetzen. Etwas fiel ins Stroh. Flüchtige Füße raschelten hinweg. Eine Tür wurde aufgerissen und zugeschlagen. Außerhalb sich entfernende Schritte. Schweigen.

Ich suchte mit zitternden Händen nach dem Bündel. Bald fand ich es und barg es mit tiefem Schuldgefühl an meiner Brust.

Nie wieder werde ich Jutta verleihen. Nie wieder! Die Menschen sind eben nicht in der Lage, hinter ihrem Puppenäußeren ihr Leben zu spüren. Nicht einmal nachts, wenn das ganz deutlich ist.

Bedenke ich das recht, so kann ich daraus einen starken Trost entnehmen: Jutta ist demnach auch nachts vor

Menschen vollkommen sicher. Sie lebt auch dann nur für mich – ihre Mutter.

Einige Tage später

Seit gestern bin ich in K. oder besser: in dem, was von K. übrigblieb. Ich mußte hierher. Unerläßlich war das, weil ich wissen wollte, was aus dem Heiland wurde, dessen Füße damals auf dem Bündel ruhten. Und noch etwas anderes wollte ich wissen.
Auf der Mole von K. habe ich doch die Kinder verloren. Nun war mir, als müsse mir dort eine Kunde von ihnen werden, wenn überhaupt eine an mich unterwegs wäre. Ich war entschlossen, die Nacht auf der Mole zuzubringen, um darauf zu warten. Als ich in K. ankam, dunkelte es schon. Ratlos lief ich am Fluß auf und ab. Ich mußte auf die andere Seite und fand keine heile Brücke. Schließlich stolperte ich im unklaren Zwielicht über einen Kahn. Den schob ich kurzentschlossen ins Wasser. Ich sprang hinein und ließ ihn treiben, es ihm überlassend, ob er mich an das andere Ufer oder aufs offene Meer bringen werde. Lange schaukelte ich sanft dahin, bis ich an einem weichen Stoß spürte, daß der Kahn auf Land gelaufen war. Ich sprang heraus und stand am anderen Ufer.
Sofort ging ich zur Mole. Und ich erkannte die Stelle genau wieder, wo das mit den Kindern geschah. Damals, als die Stadt an allen Ecken brannte und das Wasser des Meeres aufspritzte unter den Einschlägen der Granaten. Es mochte ungefähr zur gleichen Stunde sein wie an jenem Tage. Kein Mensch war ringsum zu sehen. Ich kniete auf das Steinpflaster und faltete die Hände. So wollte ich eine Kunde von den Kindern herbeizwingen. Die feierliche Stille in der Runde schien mein Vorhaben zu begün-

stigen. Alles schien bereit. Ich kniete lange. Nur mit äußerster Anstrengung gelang es mir, mich noch aufrecht zu halten. Ich durfte nicht nachgeben, denn die Stunde war da. Und niemand kann mit ihrer Wiederkehr rechnen, der sie aus Schwäche vertändelt. Ich mußte allen Widerstand besiegen durch meine Standhaftigkeit. Man hat schon oft genug gehört, daß Menschen dadurch die unglaublichsten Dinge gelangen. Und selten mochte wohl ein Mensch zur Standhaftigkeit mehr verpflichtet gewesen sein als ich.

Ich weiß nicht, wie lange ich so gekniet hatte. Die Erinnerung daran ist in mir vollständig erloschen. Ich weiß nur noch, daß ich mitten in der Nacht aufwachte und daß ich den Polarstern über mir stehen sah. Ich werde stets von einer warmen Aufwallung durchdrungen, erblicke ich ihn. Mir ist dann immer, als begegne ich einem guten und verläßlichen Freund in einer Welt, die sonst nicht viel Freundliches für uns bereitzuhalten scheint.

So ist das zwischen mir und ihm. Er hat mir in zahllosen Nächten gezeigt, wo die Heimat liegt. Nie versagte er sich mir. Ich bin ihm viel Dank schuldig. Auch heute wies er mir klar und deutlich, wo das Haus am See liegen muß mit der Bank aus Birkenästen am Ufer. Und während ich mich nach Osten wandte, um mit allen meinen Sinnen bereit zu sein für das, was von dort zu mir wollte, sah ich draußen auf dem Meer ein Schiff vorüberfahren.

Das ist nun wirklich nichts Besonderes. Täglich fahren Schiffe von Westen nach Osten über das Meer, und täglich werden sie von Menschen gesehen, die am Strand nächtigen. Nein, es ist wirklich nichts Besonderes damit. Dennoch stockte mir das Herz. Gegen alle Vernunft. Ich weiß es. Aber wie kümmerlich ist unsere Vernunft gegen ein ostwärts fahrendes Schiff, wenn alles Leben in einem ebenfalls von Westen nach Osten strebt! Mit weit aufgerissenen Augen und mit unbestimmter Erwartung mochte ich wohl lange so gesessen und nach dem Meere gestarrt haben. Doch es geschah nichts weiter. Das Schiff behielt unbeirrt seinen Kurs bei, und schließlich entschwand es in der Dunkelheit.

Ich war enttäuscht. Aber je länger ich darüber nachdenke, desto weniger Grund kann ich finden, warum ich enttäuscht sein müßte. Es sah doch wahrhaftig aus, als sei die Welt eine halbe Stunde lang nur dazu bestimmt gewesen, dieses Schiff von Westen nach Osten über die Reede von K. fahren zu lassen. Wie ein großer und unübersehbarer Wegweiser für Menschen, die ein offenes Herz dafür haben. Und wer sollte das wohl mehr haben als ich? Nein, mehr darf niemand erwarten, als daß seinetwegen in dunkler Nacht ein Schiff über das Meer fährt und ihm ein Zeichen gibt, ein zusätzliches Zeichen, das die Richtigkeit des früheren bestätigt.

Und es kam sogar zu mir, obwohl ich schwach geworden und umgesunken war. Es nahm keinen Anstoß daran, daß ich nicht standhaft blieb. Es zeigte sich mir gütig und übte Nachsicht mit meiner Schwäche. Ich glaube, ich schulde ihm ganz besonderen Dank.

Ungefähr eine Stunde später

Ich hocke jetzt vor dem Altar, wo vor langer Zeit das Bündel lag. Ich mußte hierhergehen. Irgend etwas zwang mich dazu, das war mächtiger als meine Furcht. Immer noch steigt nämlich dasselbe Grauen in mir hoch, das mich damals aus der Kirche trieb, denke ich nur an jene Szene. Ich ging durch die verwüstete und verödete Stadt. Der Stumpf des zerschossenen Kirchturmes ragte weithin über das Trümmermeer. Ich kletterte über Mauergeröll, über Bal-

ken, über Bretter und über zerbrochene oder angekohlte Kirchenbänke, bis ich endlich vor dem Heiland stand.
Auch er hatte gelitten. Man brauchte kein besonders scharfes Auge, um das feststellen zu können. Unterhalb seiner Füße, wo einst das Bündel ruhte, war das Kreuz verkohlt und schließlich geborsten. Sie waren rauchgeschwärzt. Der Gekreuzigte, seines festen Haltes beraubt, war in seinem hilflosen Zustand nach hinten gesunken – mitsamt dem Kreuz. An einem umgestürzten Mauerblock hatten die beiden schließlich neuen Halt gefunden.
Mühsam und oftmals strauchelnd, kletterte ich über die Trümmer zurück. Draußen, im Pfarrergarten, wuchsen viele verwilderte Blumen. Vermutlich war der Pfarrer auch nach Westen geflohen und konnte also keine Einwendungen mehr erheben, lichtete ich den wilden und üppigen Reichtum in seinem Garten ein wenig, um dem Gekreuzigten einen Strauß unter die angeschwärzten gemarterten Füße zu stellen.
Und ich tat so. Schön und leuchtend prangt er nun unter der Gestalt mit den Wundmalen. Es war nicht einfach, ihn zum Stehen zu bringen. Aber er durfte nicht liegen. Liegende Blumen haben für mich stets etwas Bedrückendes an sich. Aufrecht müssen sie stehen, biegsam zwar, aber immer nach jedem Herabneigen mit den Köpfen nach oben zurückkehrend.
Ich nahm vier Ziegelsteine. Zwischen die klemmte ich den Strauß. Und er stand.

Am gleichen Tage, mittags

Ich sitze in einem Straßengraben, umgeben von verödeten Feldern. Disteln und Quecken wuchern, wo einst »unser tägliches Brot« wuchs. Es ist, als sei ein Fluch über diesem

Lande, dem große Gaben geschenkt wurden, die es über die Länder ringsum hätte leuchten lassen können. Aber es begnügte sich nicht, mit seinen glänzenden Gaben zur Freude und zum Wohlergehen aller zu leuchten: Es begehrte darüber hinaus noch den Glanz der anderen.
Da jedoch begann sein eigenes Glänzen zu schwinden, seine Städte zerfielen, und seine großen und stolzen Werke sanken in Schutt und Asche. Seine Menschen wurden von Haus und Hof getrieben. Unstet und flüchtig irrten sie von Ort zu Ort und krochen in den Trümmern der großen Städte zu wunden und lasterhaften Haufen zusammen. Ihre Äcker, bestimmt, glücklichen Menschen das tägliche Brot zu schenken, werden nun von Disteln und Quecken überwuchert. Hier und da ragt ein einsamer Halm in die Höhe. Überreif neigt die Ähre ihr Haupt, und niemand ist da, der sie berge in seiner Scheuer.
Dann kommt eines Tages eine Frau daher, müde und ausgemergelt, verstaubt und verschwitzt, hungrig und mit eitrigen Füßen. Die legt ihr Kind auf den Feldrand. Und die Disteln stehen steif über des Kindes Kopf, während die Frau über die Äcker streift und die reifen Ähren birgt.
Danach nimmt sie ihr Bündel wieder auf, und im Gehen zerreibt sie eine Ähre nach der anderen zwischen ihren dürren Fingern und steckt die Kerne langsam und feierlich in den Mund.

Noch einige Tage später

Durch wie viele zerstörte und verlassene Dörfer ist mein Fuß nun gewandert!
Einzelne Menschen lugten mitunter scheu aus einem Kellerfenster oder aus einem mit Pappe vernagelten Fensterloch, und die wenigen unzerstörten Häuser standen da,

als frören sie. Möglich, daß sie die Liebe vermissen, welche ihnen jene angedeihen ließen, die früher in ihnen wohnten. Wie sehr ich mich danach sehne, wieder einmal durch ein Dorf zu streifen, wo Blumentöpfe an den Fenstern stehen. Ich fand es nicht.

Wie sehr ich mich danach sehne, wieder einmal durch ein Dorf zu streifen, wo fröhliche, rotbäckige Kinder ihr unbekümmertes Spiel auf der Straße treiben. Ich fand es nicht. Wie sehr ich mich danach sehne, wieder einmal durch ein Dorf zu streifen, wo am Feierabend die Mädchen singend und beieinander eingehakt entlangziehen und wo die Burschen, mit den ein wenig verlegenen Händen in den Hosentaschen, hinterhertölpeln. Ich fand auch dieses nicht.

Was ich fand, waren ausgebrannte Fensterhöhlen, wenige und zerlumpte Kinder, die sich furchtsam in den Trümmern verbargen, näherte sich ein Fremder. Und Mädchen fand ich, denen das Grauen jedes Lied von den Lippen nahm; dazu Burschen, die hinter verkohlten Mauerstümpfen warteten, bis der Fremde vorüber war, um dann gierig wie die Wölfe hervorzubrechen und die Erde, die Erde ihrer Heimat, nach einem verglimmenden Zigarettenstummel abzusuchen.

Vor diesen Menschen brauchte ich mich nicht zu fürchten, denn ich besitze nichts, was sie mir hätten nehmen können; nicht einmal jenen Zigarettenstummel. Durch meine Armut erwies ich mich schon äußerlich als einer der Ihren. Und durch mein zerlumptes Aussehen entging ich jeder Nachstellung und jeder Bedrängnis. Nur der Traurigkeit, welche von ihnen ausgeht, konnte ich mich nicht entziehen, auch nicht, nachdem ich ihr Dorf schon weit hinter mir gelassen. Dann kommen wieder die verödeten und verwahrlosten Äcker mit den Disteln und Quecken.

Doch es sind noch andere Menschen hier. Sie gehören zu jenem Volk, welches den Krieg gewann. Ihnen ist jetzt das Land zu eigen. Aber sie fühlen noch nicht den Ruf der Erde, wenn es Zeit ist, zu säen oder zu ernten, denn es ist nicht ihre Heimat. Sie fühlen auch nicht ihren Ursprung in diesem Boden ruhen, denn ihre Vorfahren schlafen anderswo. Nein, die Erde hier ist fremd unter ihren Füßen, obwohl sie zum Herrn über sie gesetzt wurden. Auch ihre Sprache klingt fremd in diesem Lande, in dem sie nicht wuchs. Sie sind Fremdlinge, wo sie Herren sein sollen. Und weil sie das schmerzlich fühlen, tun sie wohl manches, was sie nicht täten, spürten sie den Boden ihrer Heimat unter ihren entwurzelten Füßen.

Die Leute unseres Volkes gehen ihnen aus dem Wege, denn sie versehen sich keiner guten Taten von ihnen. Sie ziehen sich nur tiefer in die Trümmer zurück, schreitet einer der neuen Herren über die Straße. Dabei ist deren Schritt bei weitem nicht so sieghaft, wie das bei Siegern sonst der Fall war. Es liegt auch darin ein dumpfer Schmerz und eine Trauer um etwas Verlorenes. Und vor allem fehlt ihm die Sicherheit, die von einer endgültigen geschichtlichen Entscheidung ausgeht.

Die Sieger verweisen auf das Unrecht, welches ihnen einst in freventlicher Anmaßung und Überhebung von den Leuten unserer Zunge zugefügt ward. Einst, als sie sich scheu in den Trümmern ihrer Heimat verkrochen, ging einer der Unsrigen über die Straße; einst, als unsere Sprache fremde und harte Worte befehlend in ihrem Lande rief.

Der Haß liegt jetzt über den Dörfern und über den Äckern wie ein ätzendes Gift, das alles Gesunde tilgt, bei den Siegern und bei den Besiegten.

Er ist daran schuld, daß die roten Mohnblumen an den

Feldrändern und die blauen Kornblumen aussehen, als sehnten sie sich nach einem anderen Lande. Nach einem Lande, wo sie von freudigen Kinderhänden gepflückt und, zu Kränzen gewunden, auf dunkle oder helle Köpfe gedrückt werden.

Es ist aber trotzdem nicht alles Gesunde in diesem Lande tot, über das ein Gericht hereinbrach, dessen Spruch Siegern und Besiegten das Atmen schwer und bitter macht. Nein, es lebt auch hier noch. Allerdings ist es nicht leicht, es zu finden. Es wagt sich noch nicht recht auf die Straße. Und die Sieger wollen noch nicht sehen, daß selbst Besiegte Menschen bleiben, wie das auch die Besiegten von den Siegern noch nicht glauben können.

Ich umgehe die Ansiedlungen der Menschen nach Möglichkeit. Man tut meistens besser daran, weiß man doch nie, was darin an Rachsucht und Verfolgung auf einen lauert. Häufig jedoch läßt es sich nicht vermeiden, daß ich sie durchwandere, denn oft bin ich des weiteren Weges ungewiß und kann die Straße nicht verlassen, die durch ein Dorf führt.

Ich spreche dann nicht mit den Menschen, denn unsere Sprache ist hier nicht mehr zu Hause. Und man ist nie sicher, ob einen die verwilderten Hunde nicht anfallen, von einem fremden, giftigen Wort dazu angetrieben.

Gestern aber erlebte ich etwas, das war wie eine schöne und leuchtende Verheißung.

Ich schrieb wohl schon früher, meine Füße seien etwas wund, bin ich doch so weiter und anstrengender Wege ungewohnt. Gestern nun konnte ich der Versuchung nicht widerstehen, sie an einem Brunnen in einem kleinen Dorfe zu säubern, dessen Name mir entfallen ist. Er ist wohl auch ohne Belang, denn das hätte sich genau so gut woanders zutragen können.

Ich entfernte den Verband, reinigte meine Füße und wusch die verkrusteten und schmutzigen Lappen. Dabei bemerkte ich nicht, wie mich eine alte Frau von einem hinter mir liegenden Fenster aus die ganze Zeit über beobachtete. Plötzlich hörte ich eine fremde heisere Stimme neben mir, die fremde und unverständliche Worte sprach.

Ich wandte mich der Stimme zu und sah die Alte mit einem reinen Verband in den Händen hinter mir stehen. Sie hielt ihn mir entgegen und vollführte die Gebärde des Verbindens. Dann nahm sie meinen Fuß und umwickelte ihn. Und ich ließ das in meiner Überraschung geschehen.

Ich kenne weder den Namen der Alten noch ihr Gewerbe. Ich weiß nicht einmal zu sagen, wie sie eigentlich aussah. Doch das eine weiß ich ganz gewiß, daß diese einfache alte Frau mit den rauhen, arbeitsverkrümmten Händen mehr begriffen hat als die meisten Staatsmänner der Welt. Nämlich daß der Sieger erst dann zum wirklichen Sieger wird, wenn er des Besiegten Wunden verbindet, anstatt sie zu mehren. Und nun habe ich auch wieder eine leise und zaghafte Hoffnung um dieses Land. Daß dereinst wieder Blumentöpfe hinter den Fenstern stehen werden; daß dereinst wieder bunte Gummibälle, von jauchzenden Kindern geworfen, über die Straßen rollen, und daß nach Feierabend wieder die Mädchen singend durch das Dorf ziehen und die jungen Burschen ihnen nachtölpeln werden in ihrer ungelenken und unfertigen Männlichkeit.

Und wenn Gott den Menschen hier wohl will, dann wird ihnen das Lied einst wichtiger sein als die Sprache, in der es gesungen wird. Denn jedes Lied schenkt den Menschen erst dann seinen vollen und reichen Segen, wenn sie nicht mehr darauf bestehen, daß es nur in ihrer Sprache gesungen wird.

Am 27. August 1945

Ich bin in unserem Dorf!

Der behäbige Kirchturm steht wie ein großer abgebrochener Finger über der entvölkerten Landschaft. Gleich den meisten anderen ist auch unsere Kirche vom Krieg schwer getroffen worden. Ich kletterte über die Trümmer zum angekohlten Altar. Lange saß ich dort vor dem Gekreuzigten, dessen Haupt schlaff und ergeben auf seine Brust herabhing.

Ich saß in den vergangenen Wochen in vielen Kirchen. Vor ausgebrannten Altären, vor zerschlagenen, vor besudelten und vor umgestürzten; bisweilen sogar vor heilen. Mitunter war der Erlöser von der Sonne bestrahlt, manchmal lief ihm das Regenwasser über das Gesicht, und zuweilen strich der Mond wie mit linden und tröstenden Händen über seinen gemarterten Körper.

Ich habe in vielen Kirchen gebetet, denn fast überall stehen die Häuser jetzt offen, wo man Gott früher einzusperren pflegte. Das ist eine erfreuliche Neuerung.

Und noch etwas Wesentliches ist neu. Die Gotteshäuser sind jetzt auch noch oben offen. Man kann nunmehr den Himmel sehen, wenn man in ihnen kniet. In besseren Tagen werden die Menschen wieder Dächer zwischen sich und den Himmel bauen. Sie werden dann bei ihrer Zwiesprache mit Gott nicht mehr vom Regen benäßt und werden mit dem tröstlichen Bewußtsein nach Hause zurückkehren, daß der Herr die Seinen vor allem Ungemach zu beschützen vermag.

Ich sagte, ich habe viel gebetet. Dabei weiß ich eigentlich gar nicht zu wem. Ich tat das nur, weil ein Gebet in mir war. Und das wollte heraus. Hätte ein Priester neben mir gestanden, wäre mir das ganz unmöglich gewesen. Die

wollen immer nur Gebete gelten lassen, weiß man den Empfänger genau.
Ich weiß nicht einmal, um was ich flehte. Es war nur, als könne ich mich dem großen und allgewaltigen Schrei um Erbarmen, der aus den Trümmern unseres Landes emporsteigt, nicht länger entziehen. Als müßte ich mich dem Sehnen nach Erlösung in Demut und Andacht anschließen. Nun bin ich bald zu Hause. Und jetzt habe ich kaum noch die Stärke, die letzten Schritte zu gehen. Die Furcht nimmt mir alle Kraft.
Eine Furcht, wie ich sie noch nie in meinem Leben empfand.

Am gleichen Tag, nachmittags

Der Lehrer kam an der Kirche vorüber. Doch ich muß das genauer erzählen:
Ein alter Mann war es. Ich bemerkte ihn erst, als er neben mir stand und seine Stimme erklang.
»Es wird wohl bald regnen. Wenn Sie wollen, können Sie bei mir warten, bis es vorüber ist. Woanders finden Sie hier nirgends ein heiles Dach.«
In der Stimme war eine so gelassene Güte, daß ich ihr nicht widerstehen konnte. Ich erkannte den Alten nicht. Er hatte einen grauen Vollbart, und seine Augen waren mit freundlicher Einladung auf mich gerichtet. Ich konnte mich nicht erinnern, ihn schon früher in unserem Dorfe gesehen zu haben.
Er führte mich bis zur Schule. Niemand begegnete uns.
»Sind Sie der einzige Mensch hier?« fragte ich ihn.
»Manchmal bin ich nicht mehr sicher, ob wir noch ein Recht haben, uns Menschen zu nennen, nach allem, was geschehen ist. Früher – ich meine vor dem Krieg – war

das anders. Da konnte es über diesen Punkt keinen Zweifel geben.«

»Ich meine«, drängte ich weiter, »ob von den alten Einwohnern niemand hier geblieben ist?«

»Nein, ich bin der einzige.«

»Aber sie sind doch gar kein Hiesiger.«

»So? – Hätten Sie hier im Dorf Ihre Kindheit verlebt, würden Sie wohl auch bei mir das Einmaleins gelernt haben«, entgegnete er und wies einladend auf den Schuppen hinter dem ausgebrannten Schulhaus. Wir traten ein. Der Schuppen enthielt nur einen großen Raum, in dessen linker Ecke sich ein Strohlager befand. Auf ihm zwei ordentlich gefaltete Decken. In der anderen Ecke war ein Verschlag, über dessen Rand uns eine Ziege neugierig entgegensah. Der Alte hatte wohl meinen Blick nach dem Strohlager gesehen, denn er deutete darauf und meinte:

»Wenn Sie müde sind –«

»Ich muß bald wieder gehen«, lehnte ich ab.

»Noch weit?«

»Nein. Nur bis in den Wald. Bis zu Knud Muncks Haus.«

»Was wollen Sie denn dort?«

»Ich gehöre doch dorthin.«

»Sie?«

»Ja. Ich bin Knud Muncks Frau.«

»Sie sind –? Bitte entschuldigen Sie, ich hätte das natürlich längst merken müssen. Aber meine Augen werden alt. Sie dürfen mir deshalb nicht böse sein. Ich erinnere mich Ihrer noch sehr gut. Vor vielen Jahren – Sie waren noch ein junges Mädchen – habe ich Ihnen einmal Nachhilfeunterricht in Mathematik gegeben. Sie gingen in die höhere Schule in der Stadt und konnten nicht begreifen, daß auch in den Zahlen etwas von dem großen Geist lebt, der über uns allen ist. Es schien Ihnen, als wären die ei-

gens von den Schulmeistern erdacht worden, um ihre Schüler damit quälen zu können. Nachdem ich Ihnen Ihren Irrtum nachgewiesen hatte, brauchten Sie mich eigentlich gar nicht mehr. Später heirateten Sie den Förster Munck und zogen in den Wald. Stimmt's?«
Ich bestätigte die Richtigkeit seiner Erinnerungen.
»Warten Sie. Ich bereite Ihnen schnell etwas zu essen. Sie sehen aus, als hätten Sie einen weiten Weg hinter sich.« Er ging zu einem Herd, den er aus Steinen zusammengefügt hatte, zündete Feuer an und setzte einen Topf darauf.
»Ist nur Grütze«, sagte er ein wenig beschämt. »Aber mit guter, frischer Ziegenmilch. Dort ist meine Milchspenderin. Lief damals frei hier umher, als alle geflohen waren. Da nahm ich sie zu mir. Und sie hat mich in den vergangenen Monaten nicht nur durch ihre Milch gestärkt. Es tut gut, kommt man nach Hause und sieht ein Paar Augen auf sich gerichtet, und wenn's auch nur Ziegenaugen sind.«
Ich schwieg. Bald darauf setzte er mir einen Topf mit Grütze vor.
»Teller habe ich nicht, aber Löffel«, meinte er in einem neuen Anflug seiner früheren Befangenheit, wobei er mir einen sauberen Löffel reichte.
Ich dankte und aß. Die gütigen Augen des Alten ruhten warm und erfreut auf mir. Unter dem Blick wurde mir leichter und freier, als mir seit langer Zeit gewesen war.
»Ist Ihr Kind krank?« erkundigte er sich und wies auf Jutta, die ich, in Decken gehüllt, im Arme hielt.
»Sie mag Grütze nicht«, erwiderte ich. »Sie ist auch jetzt noch ziemlich verwöhnt.«
Der Greis schüttelte mit milder Mißbilligung seinen Kopf. Plötzlich fühlte ich den unwiderstehlichen Drang, ihm das Kind zu zeigen. Das war mir noch nie geschehen.

Vielleicht wollte ich auf solche Art Anschluß an die Heimat gewinnen.
»Sehen Sie«, sagte ich, »sie ist trotzdem gar nicht unterernährt. Sieht doch ganz wohl aus. Nicht wahr?«
Er blickte erst Jutta überrascht und dann mich sehr kritisch an. Nun hätte ich am liebsten die Decke wieder übergezogen. Aber das ging nicht. Das wäre sehr unhöflich gewesen. Und ich konnte gegen den alten Mann mit den milden, müden Augen nicht unhöflich sein.
Voll Unruhe und Ungewißheit richteten die sich bald auf mich, bald auf das Kind. Schließlich deckte er Jutta mit zitternder Hand wieder zu.
»Sie denken wohl auch, das wäre nur eine gewöhnliche Puppe?« forderte ich ihn heraus.
Er starrte auf den Topf mit Grütze und schwieg.
»Das ist nämlich nur äußerlich«, fuhr ich fort. »In Wahrheit ist das Jutta. Das Jüngste von unseren vieren. Sie hält sich jetzt nur noch etwas zurück. Hat manches Häßliche gesehen und ist dadurch menschenscheu geworden. Wenn wir erst zu Hause sind, wird sie zeigen, wer sie ist.«
Er nickte, aber es lag keine Überzeugung in dem Nicken. Das war, wie die Erwachsenen zu tun belieben, wenn ihnen ein Kind den Traum aus der letzten Nacht erzählt, den sie aus Zartgefühl nicht zerstören wollen.
»Decken Sie die Kleine gut zu«, sprach er mit unsicherer Stimme. »Sie könnte sich sonst erkälten.«
Und nun wagte ich die Frage, die schon seit langem unablässig in mir bohrte:
»Wie steht es denn im Walde?«
»Ich bin noch nicht wieder dagewesen. Wird nicht viel anders sein als früher. Ein paar kaputte Bäume wahrscheinlich. Gab damals einige Stunden lang Schießerei dort.«

»Und Knud Muncks Haus?« erkundigte ich mich mit Herzklopfen.

Er zuckte mit seinen mageren Schultern.

»Erst mußte ich den Herd bauen, dann mein Dach flicken. Die Fenster waren auch kaputt und die Tür. Und außerdem war jeden Tag Ziegenfutter zu holen. Für jetzt und für den Winter. Ich hatte deshalb noch keine Zeit, nach Ihrem Haus zu sehen. Aber wenn Sie lieber hier warten wollen, dann will ich schnell mal hinlaufen.«

Ich lehnte das Anerbieten ab und stand auf. Er versuchte nicht, mich zu längerem Bleiben zu bewegen. Der Regen hatte aufgehört. Die Luft drang frisch und rein durch die geöffnete Tür.

»Wenn Sie jemanden brauchen, Sie können mich immer hier finden«, sprach der Alte zum Abschied. »Sollte ich gerade Ziegenfutter holen, so stecken Sie einen Zettel unter die Tür. Ich werde dann am gleichen Tage noch bei Ihnen sein.«

Ich dankte und ging.

Als ich in den Wald eintrat und mich nach dem Dorf umwandte, sah ich, daß der Alte immer noch vor seiner Tür stand und mir nachblickte. Es schien mir sogar, er winke mir zu. Aber ich konnte das nicht zweifelsfrei erkennen.

Dann nahm mich der Wald auf.

Unser Wald!

Einige Stunden später

Ich sitze auf der Bank aus Birkenästen. Vor mir liegt der See wie früher. Auch die Wälder ringsum sind wie damals. Nur unser Haus ist anders geworden. Ich hatte damit nicht gerechnet. In meiner Erinnerung blieb es unverändert. Ich hatte es für selbstverständlich erachtet,

daß der Wald es beschützen werde. Aber die Menschen haben jetzt wohl mehr Macht als die schützenden Wälder.
Im Westen geht die Sonne unter. Sie berührt nur noch tastend den oberen Waldrand am Ostufer des Sees, dort, wo vor langer Zeit morgens die Krähen aufstiegen zum Flug gen Westen.
Hinter mir – es ist unumgänglich, das zu schreiben – hinter mir liegt, was von unserem Haus noch übrig ist. Auch auf diesem Rest ruht die Sonne. Der Keller ist noch heil. Ich habe mich davon überzeugt. Man kann sogar in ihm wohnen. Ja, wir werden in ihm wohnen müssen, bis Knud kommt und das Haus wieder aufbaut. Ich werde ein Strohlager für mich und die Kinder bereiten. Stroh liegt noch im Stall. Sie müssen doch eine Schlafstätte finden, wenn sie endlich nach Hause kommen. Sie werden dann gewiß müde sein.
Jetzt sind sie noch nicht da. Eigentlich war ich ein wenig enttäuscht, sie hier nicht gleich zu treffen. Insgeheim hatte ich damit gerechnet. Vermutlich sind sie im Wald, zum Beerensuchen. Das taten sie früher auch oft. Sie wollten mich damit nicht ängstigen.
Schließlich konnten sie auch nicht wissen, daß ich heute einträfe.

Am nächsten Morgen

Die Kinder sind noch nicht gekommen. Aber sie haben sich gemeldet. Auf eine höchst sonderbare Weise.
Ich schlief mit Jutta in unserem Keller. Mitten in der Nacht rief es. Laut und deutlich – vom See her. Mehrmals.
»Mutti!«

Ich nahm Jutta und eilte hinunter ans Wasser, zur Bank aus Birkenästen.
Ringsum war alles ruhig. Irgendwo in der Ferne klagte ein Kauz. Das Wasser plätscherte behaglich und geschwätzig zu meinen Füßen. Der Mond übergoß alles mit seinem Silber, so daß sogar die Trümmer unseres Hauses einen köstlichen Schimmer erhielten.
Während ich am Ufer stand und auf den Ruf lauschte und nur in der Ferne den Kauz klagen hörte, zog sich der Mond plötzlich eine Wolke vor das Gesicht wie eine Maske. Es ward dunkel ringsum, und dann kam wieder die Stimme aus dem Wasser, ganz klar und unmißverständlich. Das war Uwe. Nur er zog die letzte Silbe von »Mutti« so ungewöhnlich in die Länge.
Der Schrei durchschnitt die Nacht wie ein Messer. Sogar der Kauz verstummte betroffen. Die tiefe Stille hinterher schien auch nicht zu wissen, was sie mit ihm anfangen sollte.
Ich blieb stehen und wagte nicht, mich zu rühren. Doch der Ruf kam nicht wieder.
Ich fror. Gegen Morgen, als die Sonne im Osten über den Wäldern aufging, verkroch ich mich mit Jutta in unserem Keller.
Sie hat übrigens recht gehabt, damals, als sie mir sagte, die anderen hätten sich versteckt. Aber daß sie sich an solchen unzugänglichen Plätzen verstecken würden, konnten wir beide nicht ahnen.

Noch einen Tag später

In der letzten Nacht hat es wieder gerufen – aus dem Wasser.
Wieder war es Uwes Stimme, und wieder rief sie: »Mutti!«

Und so voll Furcht und Bedrängnis war der Schrei, daß ich schreckerfüllt von meinem Strohlager im Keller an den See stürzte.
Aber das ist nun ebenfalls schwer verständlich. Sehr schwer! Sobald ich dann am Ufer stehe, zu jeder Hilfe bereit, schweigt er. Und die Natur ringsum unterstützt sein Schweigen in einer so überlegenen und souveränen Art, daß man beinahe verlegen wird und versucht ist, sich eines Irrtums zu schämen. Eines Irrtums, den man gar nicht beging. Abermals wartete ich auf der Bank aus Birkenästen bis zum Morgengrauen, doch der Ruf kam nicht. Der See plätscherte wiederum spielerisch zu meinen Füßen, und das Mondlicht verwandelte ihn erneut in ein silbernes, leuchtendes Wunder.
Es war, als sei nie ein Laut aus dem Wasser gekommen. Dabei habe ich ihn ganz genau gehört. Hierüber kann nicht der mindeste Zweifel bestehen. Uwes Stimme verwechsle ich nicht, besonders nicht, wenn er in Not ist.
Den ganzen Tag über sitze ich nun in meinem Keller und grüble darüber nach, wie ich Uwe helfen könnte. Das ist meine Pflicht. Ich bin doch schließlich seine Mutter. Ich darf ihn nicht im Stich lassen.
Aber wenn der Junge doch endlich einsehen wollte, daß ich ihm erst helfen kann, wenn ich weiß, wo er ist.
Viele Wochen war ich unterwegs, in Sturm und Regen, in Sonnenbrand und Gewitter. Mit blutenden Füßen strebte ich ruhelos hierher, weil mir verkündet war, Uwe mit seinen Geschwistern sei hier.
Und nun hält er sich versteckt. Nicht in flüchtiger Laune oder in übermütigem Spiel. Mit Hartnäckigkeit und wohlbedachter Überlegung verbirgt er sich und seine Geschwister vor mir, seiner Mutter. Dabei müßte er sich doch eigentlich sagen, daß er mich durch eine solche

Handlungsweise auf das tiefste beunruhigt. Ich werde wirklich ernsthaft mit ihm schelten müssen, habe ich ihn endlich gefunden.
Es braucht nicht unbedingt böser Wille von ihm zu sein. Das möchte ich nicht behaupten. Er will mit mir spielen. Und Kinder sind ja häufig so von ihrem Spiel besessen, daß sie dessen Grausamkeit gar nicht wahrnehmen.
An Sonntagnachmittagen gönnte ich mir früher zuweilen eine freie Stunde und ließ mich dann willig von ihrem Übermut treiben. Damals versteckten sie sich im Haus oder im Stall. Sich im Wasser zu verbergen ist neu. Und sie müssen sich das auch wieder abgewöhnen. Das ist nicht gesund für sie. Können sich leicht dabei erkälten.
Ich lebe eigentlich nur noch mit der Aussicht auf die nächste Nacht. Alles andere in mir ist wie ausgebrannt. Ob sie sich dann wieder melden werden? Mit Uwes Stimme? Voll Not und Bedrängnis?
Eines aber weiß ich ganz gewiß: daß ich dem Ruf dann folgen muß, woher er auch kommen mag.

Am gleichen Nachmittag

Jutta hält sich noch immer zurück. Sie beharrt auch jetzt noch auf ihrer Puppentarnung.
Ich habe ihr immer und immer wieder gesagt, sie könne nun ohne Furcht ihre Maske aufgeben. Sie brauche hier keine Angst mehr zu haben.
Ich habe sie gebeten. Ich habe sie beschworen. Alles ohne Erfolg. Dabei war ich der festen Zuversicht, sie werde sich in ihrer wahren Art zeigen, seien wir nur erst zu Hause.
Ich kann mir ihr Verhalten nicht anders erklären, als daß ihre Furcht vor den Menschen zu groß ist. So groß, daß

sie es ratsam findet, sich immer noch als leblose Puppe jeder menschlichen Nachstellung zu entziehen. Fürchterliches muß ein Kind erlebt haben, entschließt es sich zu solcher unkindlichen Verschlagenheit.

Ich komme mir beinahe vor wie der Prinz im Dornröschen, der die Verzauberung über einem geliebten Menschen durch seine Liebe bricht. Darin liegt wohl auch für mich die einzige Chance. Ich muß sie unverdrossen und guten Mutes an mich ziehen, auf daß sie den Glauben an das Leben wiederfindet.

Und es geschieht auch in unseren dunkeln Tagen manches, was den Glauben an den Menschen nicht völlig untergehen läßt. Gestern zum Beispiel:

Ein Pferdegespann fuhr durch den Wald. Bei der sonstigen Stille hörte ich es schon von weitem. Die Räder des Wagens mußten längere Zeit nicht geschmiert worden sein. Sie quietschten hart und übeltönend. Der einzige Fahrweg führt in der Nähe unseres Hauses vorüber. Also mußte das Gespann uns gefährlich nahe kommen.

Ich schwankte zwischen Furcht und Neugier. Schließlich sagte ich mir, es sei meine Pflicht, mich zu vergewissern, was sich in unserem Walde ereigne. Und wenn ich etwas als meine Pflicht erkannt habe, muß ich es auch tun.

Ich wickelte Jutta fest in ihre Decke und sprach ihr einige ermutigende Worte zu. Dann stieg ich leise mit ihr nach oben. Da war das Geräusch zwar noch deutlicher, aber zu sehen war nichts. Ich schlich zu dem Weg und stellte mich hinter einen Busch.

Immer noch verbarg sich der Wagen. Das Geräusch ließ allerdings keinen Zweifel darüber, daß er sich langsam näherte. Die Krümmung des Weges entzog ihn wohl nur noch meinen Blicken. Jetzt mußte er jeden Augenblick sichtbar werden.

Und dann kam er. Erst zwei braune Pferde, mit gesenkten Köpfen. Die Ladung war wohl schwer durch den tiefen Sand zu ziehen. Danach der Kutscher, ein fremder Soldat. Gleichgültig saß er oben und starrte stumpfsinnig auf die schwankenden Pferderücken vor sich.
Eigentlich wollte ich mich ducken. Das war meine erste Aufwallung. Aber da sah ich, daß der Wagen mit Brot beladen war, mit vielen Hunderten von Broten. Und Jutta und ich hatten Hunger. Darum blieb ich stehen.
Dann sah mich der Soldat. Zunächst ließ er seine Pferde im gleichen Trott weiterlaufen. Danach blickte er mehrmals rückwärts, als wollte er sich vergewissern, ob jemand in der Nähe sei. Das jagte mir Furcht sein. Am liebsten hätte ich jetzt alles Brot der Welt fahrenlassen, wenn ich nur unerkannt hinter dem Schlehenbusch läge.
Nun ließ er die Pferde halten, sprang vom Wagen und eilte auf mich zu. Dabei war plötzlich etwas so Wildes in seinem Gesicht, daß ich am ganzen Leib zu zittern begann.
Ohne zu überlegen, streckte ich ihm Jutta entgegen. Erregt, wie ich war, achtete ich nicht darauf, daß sie verhüllt blieb. Die Decke fiel herunter. Erstaunt blieb er stehen und starrte auf das Kind. Sein Mund öffnete sich vor Verständnislosigkeit. Da hob ich die Decke auf und schlang sie um Jutta. Beruhigend schaukelte ich das Kind hin und her, dabei den Soldaten fest im Auge behaltend. Jetzt erhellte sich sein Gesicht, und ein breites Lachen breitete sich darüber aus.
»Ich auch Kinder haben – drei«, sprach er eifrig und deutete mit seiner plumpen roten Hand an, wie groß die drei waren. Dann ging er nach dem Wagen und nahm zwei Brote herunter. Er winkte mich heran, und legte sie mir auf den Arm. Nachdem er mir noch einmal zugenickt

hatte, stieg er auf und fuhr, ohne sich noch einmal umzusehen, davon.

Heute vormittag hörte ich nun wieder das Gespann durch den Wald fahren. Ich blieb in unserem Keller. Das schien mir klüger zu sein, wußte man doch nie genau, ob das Gute in einem Menschen sich einen Tag lang halten kann.

Das Quietschen näherte sich wie gestern. Plötzlich hörte es auf. Ungefähr an der Stelle, wo der Wagen gestern schon gehalten hatte.

Ich kroch in die äußerste Ecke des Kellers. Die Stille war voller Gefahren. Dann kam das Quietschen wieder und verlor sich allmählich in der Ferne.

Ich wartete noch lange, bis ich mich hinauswagte. Vorsichtig schlich ich zu dem Halteplatz und fand – zwei frische Brote.

Am nächsten Morgen

Die Nacht ist vorüber, aber ganz anders.

Ich saß wieder auf der Bank und wartete. Fror und wartete. Der Ruf wollte nicht kommen. Dafür kam etwas ganz Unerwartetes, von der entgegengesetzten Seite, aus dem Walde. Von dort stapfte jemand heran. Langsam und schwer, wie einer geht, der einen weiten und anstrengenden Weg hinter sich hat. Doch ohne Scheu, wie einer, der seines Weges auch im Dunkeln sicher ist.

Mitunter trat der fremde Fuß auf ein Stück Holz. Das knackte dann grell und unfreundlich. Der Fuß ließ sich jedoch nicht beirren. Der stapfte ohne Zögern weiter. Jetzt mußte er ungefähr an der Stelle sein, wo das mit den Broten passierte, und nun, wo der Weg zu unserem Hause abzweigt.

Dort verhielt er anscheinend. Das Knacken hatte aufgehört und das Stapfen auch. Dafür war ein drängender und unruhiger Atem in der Nähe. Ich saß unbeweglich. Und obwohl ich kein Glied zu rühren vermochte, waren meine Sinne so überempfindlich, als sei die Haut von ihnen abgezogen.

Der Mensch stand lange dort. Vielleicht schien mir das auch nur so. In solchen Augenblicken scheint es fast, als hielte auch die Zeit ihren Atem an, um genauer wahrnehmen zu können, was sich ereignen will.

Dann waren die Fußtritte wieder da, wie mich dünkte, noch schwerer und langsamer als vordem. Und sie kamen unseren Weg herunter. Ich hatte das nicht anders erwartet.

Mein Herz klopfte. So ohne Zurückhaltung und über alles Maß, als wolle es endlich zu etwas Größerem hin.

Immer noch war ich wie gelähmt. Auch meine Stimme versagte. Es gelang mir, nicht zu schreien, wild und voll Angst, wie es aus mir schreien wollte. Nur ein befremdendes Gurgeln kam zustande. Und beinahe war es, als hätte der Mensch das auch gehört. Wieder stockte sein Schritt. Der Ankömmling lauschte nun wohl. Nach dort, wo ich saß. Ich kroch in mich hinein, um so klein und unauffällig wie möglich zu sein. Und es gelang mir, ihn zu täuschen, denn er begann wieder zu gehen. Fuß nach Fuß, als wäre kein Gurgeln gewesen. Mitunter schien er zu taumeln. Das bisherige Gleichmaß war geschwunden. Seine Füße konnten seine Erregung nicht verbergen. Schließlich brachte er es nicht mehr fertig, sie weiter im Zaume zu halten. Sie liefen, wie mich dünkte, gegen seinen Willen. Liefen immer schneller. Mehrmals fiel er, stand auf und rannte erneut weiter. Nun mußte er gleich bei unserem Hause sein.

Und dann war mit einem Schlage alles still. Lange. Beängstigend lange.
Mein Gott! Wenn doch endlich etwas geschehen wollte! Sei es auch was Schlimmes! Nur nicht diese Stille! Und dann geschah auch etwas.
Anfangs war ich mir nicht sicher, ob ich das Geräusch richtig deutete. Dann aber war es so unmißverständlich, daß jeder Zweifel verdrängt wurde. Immer haltloser wurde es. Die anfängliche Scham wurde hinweggespült von etwas viel Stärkerem.
Es weinte jemand. Das war aber kein Weinen, das vorn sitzt, wo die kleinen alltäglichen Worte wohnen. Das kam von dort, wo keine Worte mehr sind, von ganz unten.
Stückweise fiel meine Erstarrung von mir. Meine Furcht wich. Es schien mir sicher, ich brauche mich vor einem weinenden Menschen nicht zu ängstigen, um so weniger, da er vor unserem Hause weinte. Und außerdem lag das von jeher in meinen Füßen: Wo jemand in Not ist, müssen die hingehen.
Also gingen sie. Doch war hierbei so viel weltliche Schlauheit in ihnen, daß sie alles mieden, was sie hätte verraten können. Wie ein Tier des Waldes schlich ich behutsam vorwärts. Er schien mich nicht zu bemerken. Er war wohl zu sehr mit sich selbst beschäftigt. Vielleicht wäre ihm das auch gleichgültig gewesen, so wie es augenblicklich um ihn stand. Und dann sah ich ihn. Er lag, eine dunkle zuckende Masse, mitten auf unserem Hof. Wie mit elektrischen Stößen zuckte der Weinkrampf durch seinen Leib. Ich schlich heran. Es wurde deutlicher: ein Mann, von einem alten Militärmantel verhüllt, den Kopf auf beiden vorgestreckten Armen, barhaupt. Die Mütze einige Schritte von ihm entfernt.
Ich setzte mich neben ihn und strich ihm leise über den

zuckenden Kopf. Meine Hand hob und senkte sich im Takte seines Weinens. Allmählich hob und senkte sie sich weniger. Er wurde still. Ja, es schien mir fast, als suche der Mann Schutz in der Höhlung meiner Hand. Ich verwehrte ihm das nicht. Dann griff auch meine Linke ein. Die wollte ebenfalls ihre Pflicht tun. Sie strich ihm das struppige Haar aus der Stirn. Da hob er schließlich sein Haupt, und sein Gesicht wandte sich mir zu. Der Mond fiel voll darauf. Ich hatte es gewünscht und gefürchtet. Nun war es da: sein Gesicht!

Und damit mußte nun das Jüngste Gericht in seiner ganzen Schwere über mich hereinbrechen.

Wie sollte ich jetzt vor ihm bestehen? Mit meiner Schuld, die ohne jedes menschliche Maß war. Gleich mußte die Frage aus seinem Munde kommen. Die Frage, vor der ich seit Monaten gezittert hatte. Und sie kam, mußte kommen mit der Unabwendbarkeit eines Naturgesetzes, vor dem nichts auf Erden Gnade findet.

»Du?«

Ich nickte stumm. Er nahm meine Hand zwischen seine großen und harten Finger. Ich ließ sie ihm.

»Und die Kinder?«

Ich versagte. Wie oft hatte ich mir vorgestellt, wie tapfer und sühnebereit ich ihm entgegentreten wollte. Und nun brachte ich keinen Ton zustande.

»Wo sind die Kinder?« Seine Stimme wurde schärfer, und meine Hand fiel auf die Erde.

»Dort«, konnte ich endlich herauswürgen und deutete nach dem See.

»Schon lange?«

»Weiß ich nicht. Aber sie rufen nachts – aus dem Wasser. Das heißt, eigentlich nur Uwe. Aber der ruft wahrscheinlich auch für die anderen, weil er doch der Älteste ist.«

»Komm!« sprach er kurz und faßte mich hart bei der Hand. Ohne meinen Widerstand zu beachten, zog er mich zu der Bank.
»Hast du es hier gehört?«
Ich bestätigte.
»Gut!« entschied er. »Warten wir!«
Wir warteten lange. Der Ruf blieb aus. Ob sie wohl vor ihrem Vater Angst hatten? Ob sie fürchteten, er werde sie für ihr rücksichtsloses Spiel strafen? Er sah nicht gerade vertrauenerweckend aus. Seine eingefallenen Wangen, der verwilderte Bart und die ungepflegte Kleidung konnten Kinder wohl zur Zurückhaltung veranlassen. Knud mochte meine Gedanken gewiß ahnen, denn er mühte sich gleichfalls um eine Erklärung. Allerdings eine, die seinem exakten männlichen Denken mehr entsprach.
»Von wo hat es immer gerufen?« erkundigte er sich. »Etwa von dort?«
Er deutete nach halblinks, an das Seeufer. Ich mußte bejahen. »Aha!« meinte er zufrieden. »Waren schon früher da drüben – die Schnepfen. Wenn jemand gern ein Kind rufen hören will, kann er das leicht dafür nehmen.«
Ich schwieg. Seine Erklärung schien mir recht oberflächlich zu sein.
Als der Morgen anbrach, stand er auf, schüttelte mit dem Kopf und sagte:
»Laß uns gehen. Die Nacht ist vorbei.«
Wir gingen nach dem Keller, und dort gab ich ihm das Buch.
»Du sollst alles wissen.«
Er nahm es und begann sofort zu lesen. Er liest auch jetzt noch. Ich habe diese Eintragungen auf einen Bogen geschrieben, den ich dann der Vollständigkeit halber in das Buch legen werde. Seit vielen Stunden liest er ohne Un-

terbrechung. Die einzige Abschweifung, die er sich bisher gestattete, war ab und zu ein forschender Blick auf mich, als wolle er die Ereignisse in dem Buch durch mein Aussehen bestätigt finden.
Ich wartete darauf, daß er Fragen stellen werde. Das ist doch immer so, daß ein Gericht Fragen stellt an den Angeklagten. Fragen, die eine Milderung, und auch Fragen, die eine Verschärfung des Urteils herbeiführen können. Doch er fragte nichts.
Ich habe ihm eine Blechdose mit Pellkartoffeln vorgesetzt, mit meinen letzten Kartoffeln. Ich fand sie noch ziemlich gut erhalten in einer Ecke unseres Kellers.
Schon dreimal forderte ich ihn zum Essen auf.
Ein viertes Mal mag ich nicht.

Am Abend

Nachmittags klappte er das Buch zu, hielt es eine Weile stumm in der Hand, als wollte er sein Gewicht prüfen, und schlug es dann nochmals auf. Blätterte vor- und rückwärts, las mehrere Seiten zum zweitenmal und klappte das Buch schließlich endgültig zu.
»Komm!« sagte er befehlend und nahm mich wieder bei der Hand, jedoch etwas weicher, wie mir scheinen wollte. Er zog mich nach oben und nachher an den See.
Dort stellte er sich hinter der Bank auf, und seine mageren Hände umkrallten die Lehne wie im Krampf. Sich weit nach vorn beugend, rief er laut und gebieterisch:
»Uwe!«
Er wartete lange, bis er zum zweitenmal rief.
»Uwe!«
Wieder verzerrte sich sein Gesicht vor Spannung, und wieder blieb alles still.

Zum drittenmal schrillte sein Ruf über das Wasser:
»Uwe!«
Auch diesmal keine Antwort.
»Ich wußte es«, sprach er entspannt und richtete sich gerade. »Komm!« befahl er aufs neue, nahm mich abermals bei der Hand und führte mich durch den Wald.
Als sich dann vor uns das freie Land auftat, blieb er stehen, legte seine Rechte über die Augen und spähte angestrengt ins Weite. Unvermittelt breitete sich ein Lächeln auf seinem Gesicht aus. Ich spähte dorthin, woher er sein Lächeln genommen. Doch konnte ich nichts entdecken. Offenbar bemerkte er mein Befremden, denn er sprach mit leichter Befangenheit, als wolle er sich entschuldigen für sein absonderliches Gebaren:
»Da hinten laufen zwei Spuren. Ganz nahe beieinander. Die eines Mannes und die einer Frau. Mitunter ist die der Frau ein wenig voraus, mitunter die des Mannes. Sie laufen weit hin über das deutsche Land. Ihr Kurs ist nicht immer gerade. Wie er bei Menschen nie gerade sein kann, die etwas suchen. Monatelang, vielleicht auch Jahre. Doch immer sind sie dicht beieinander. Über Wiesen und Äcker, über Wälder und Heide, über Berge und Täler, durch Regen und Sonnenschein, durch Schlamm und Staub.
Und wenn sie weit genug gegangen sind, die beiden, werden zu ihrer Rechten eines Tages zwei kleinere Fußspuren auftauchen und zu ihrer Linken auch.
Von da an werden sie zusammen ihres Weges ziehen, bis der Wind und der Regen und der Sonnenschein ihre Spuren auslöschen. Erst die großen und dann die kleinen.
Und dann wird alles gut sein!«

Nachwort

Am 29. September 1926 schreibt ein gewisser Fritz Nendel aus Chemnitz dem damals schon zu Weltruhm gelangten Schriftsteller Hermann Hesse einen zweiten Brief, in welchem er ihn ein weiteres Mal bittet, sich für ihn bei dessen Verleger Samuel Fischer zu verwenden. Das erste Bittschreiben Nendels war zwar insofern erfolgreich gewesen, als Hesse – ob aus Überzeugung oder aus Höflichkeit, wissen wir nicht – den großen Fischer zumindest dazu hatte bewegen können, dem Debütanten einen »ermutigenden Bescheid« zu geben; dabei war es jedoch geblieben. Dem zweiten Schreiben legte der literaturbesessene, aber auf der literarischen Bühne völlig unbekannte kleine Beamte nochmals einige Manuskriptproben bei, die er Hesse gegenüber jedoch sogleich als »gründlich verunglückt«[1] abqualifizierte. Das Ganze verläuft erneut im Sande. Fast sechzig Jahre später, 1985, erinnert sich Fritz Nendel in seinem Lebensrückblick an das Scheitern seiner schriftstellerischen Ambitionen der 1920er-Jahre: »Wahrscheinlich wird es mit daran gelegen haben, daß alles Geschriebene unausgegoren war. Es widerstrebte mir, das Geschriebene viele Male durchzuarbeiten. Aber vielleicht hat die Begabung nicht ausgereicht [...] Allmählich schliefen meine schriftstellerischen Bemühungen ein.«[2]

Man kann nur darüber spekulieren, ob die damals erfahrene Enttäuschung dafür verantwortlich war, dass Nendel auf den 51 handschriftlichen Seiten seiner Lebensbetrachtung kein Wort über »Spreu im Wind« verliert. Verdrängt? Verletzte Eitelkeit? Oder einfach nur vergessen? Auf jeden Fall wartete er 1949 mit einem für die damalige und kaum weniger für die heutige Zeit ungewöhnlichen und beeindruckenden literarischen Zeitdokument auf, welches allerdings sogleich in wenigen Bibliotheksmagazinen verschwand, ohne erkennbare öffentliche oder wissenschaftliche Aufmerksamkeit erregt zu haben und das aus diesem Grund jetzt eine Neuauflage erfährt.

Wer war dieser Fritz Nendel? Einem gläubigen, liberalen Elternhaus entstammend, wurde er am 18. Dezember 1903 in Chemnitz geboren. In der Volksschule war er der hellste Kopf der Klasse. Mit vierzehn Jahren absolvierte Fritz Nendel die Handelsschule; er wurde unter anderem Praktikant in der Verwaltung seiner Heimatstadt, bald darauf Berufsbeamter. In den 1920er-Jahren schloss sich Nendel der Wandervogel-Bewegung an, lernte das Elend der Arbeiterschaft während der Weimarer Republik kennen und erlebte die blutigen Kämpfe zwischen SPD/KPD und der NSDAP. Sein soziales Gewissen machte ihn zum SPD-Anhänger (später wurde er Parteimitglied) und zum engagierten Gelegenheitsschriftsteller. In der sozialdemokratischen Zeitschrift »Der Bücherkreis« des gleichnamigen Buchclubs veröffentlichte er 1931 als »Arbeitsloser« das kämpferisch-sarkastische Gedicht »Die Stempelkarte«, in dem es am Schluss heißt:

Um die Arbeitslosigkeit ganz zu beheben,
würde es sich sehr empfehlen,
jedem Arbeitslosen eine zweite Stempelkarte abzugeben.

Wenn ein Arbeitsloser trotzdem Hunger hat,
guckt er sich an beiden Stempelkarten satt.

1931 heiratete Fritz Nendel zum ersten Mal. Am 9. März 1933 wurde er von den Nationalsozialisten aus seinem Amt vertrieben, kurz darauf verlor er den Beamtenstatus. Noch im selben Jahr übernahm der politisch Missliebige mit seiner Frau und mithilfe der Schwiegereltern in einem Hamburger Arbeiterviertel einen Tante-Emma-Laden, der wenig abwarf, ihnen jedoch eine 70-Stunden-Woche abverlangte. Im Herbst 1938 zog Fritz Nendel nach Wedel und trat als Buchhalter in den schwiegerelterlichen Betrieb ein.
Von September 1939 an bis Kriegsende war er mit kurzen Unterbrechungen Soldat und Kriegsteilnehmer, zum Schluss Kriegsgefangener bei den westlichen Alliierten. Um die Familie nach dem Krieg durchzubringen, ging er zunächst hausieren; nach der Währungsreform 1949, also in dem Jahr, als »Spreu im Wind« erschien, trat er als dritter Gesellschafter wieder in den schwiegerelterlichen chemisch-medizinischen Betrieb ein, dem er bis 1971 angehörte. Als 1960 seine erste Frau starb, heiratete er im selben Jahr ein zweites Mal. Aus beiden Ehen gingen sieben Kinder hervor. Der Autor starb am 15. Januar 1999 in Suderburg. Er hat wohl immer wieder kleine Geschichten in Zeitungen veröffentlicht, doch darüber gibt es (bislang) keine Belege. Ein Ausweis seiner seit der Jugendzeit bestehenden Begeisterung für das Theater ist das Laienspiel »Die Schlüsselkinder« von 1963[3], dessen humanistisch-urchristlich geprägten Grundgedanken der Autor so formuliert: »Es ist leicht, mit Steinen zu werfen. Aber es ist schwer, stehen zu bleiben, wenn man sie an den Kopf kriegt.«

Bei Fritz Nendels »Tagebuch einer Verschollenen« handelt es sich um einen belletristischen Beitrag zu den historischen Ereignissen von Flucht und Vertreibung aus den ehemaligen deutschen Ostgebieten von Mitte 1944 bis etwa 1950. Solche Erzählungen, Romane, Tagebücher und Erlebnisberichte behandeln Themenkomplexe, die »vom Kriegserlebnis unmittelbar vor der Flucht bis zur Wiederbegegnung mit den verlorenen Heimaten lange nach der Vertreibung reichen. Eine erschütternde Vielzahl an Formen psychischen und physischen Leidens ist darin dargestellt, und überwältigend stark kommt immer wieder die Erinnerung an tragische, letztlich nicht wieder rückgängig zu machende Verluste zum Ausdruck. Diese seelische Seite des Flucht- und Vertreibungserlebens ist der eigentliche Bereich dieser Literatur.«[4] Es ist hier nicht der Ort, auf diese umfangreiche Literaturproduktion einzugehen,[5] aber ein historisch-thematischer sowie literarischer Brückenschlag mag hilfreich sein. Ein Jahr vor Nendels »Tagebuch« präsentierte Elisabeth Pfeil eine prosaistische Soziologie, Psychologie und Philosophie des Ostflüchtlings: »Der Flüchtling. Gestalt einer Zeitenwende«, die bis heute nichts von ihrer Gültigkeit verloren hat. Zu den zentralen Passagen dieses Buches gehört die Erörterung der Grenzsituation des Flüchtlings zwischen dem bislang »Bloß-Vorgestellten« einer Flucht und dem Begreifen ihrer Unausweichlichkeit: »Der Aufbruch zur Flucht war eine überwältigendere Begegnung mit der Wirklichkeit als alles zuvor. Der Vorrang des Wirklichen und unwiderruflich Geschehenden vor dem Potentiellen tat sich den Menschen auf eine unvergeßliche Weise kund, auch wenn sie das Erlebnis nicht benannten, sondern einfach immer wieder die Frage wiederholten: Also wirklich? Wirklich?« (Seite 22)

Diese existenzielle Frage hat sich auch Nendels Hauptfigur zu stellen. Sein fingiertes, literarisches Tagebuch speist sich, was die Fabel selbst angeht, zum einen aus den hinlänglich bekannten geschichtlichen Tatsachen und Ereignissen, zum anderen aus Autobiografischem. Einige Begebenheiten im Leben des Autors scheinen Eingang in den Text gefunden zu haben. Als Soldat war er unter anderem in den Vertreibungsgebieten im Einsatz. In Breslau, Ostpreußen und Pommern sieht er brennende Dörfer, elende Flüchtlingstrecks und deren Beschuss. Auch er kehrte, wie Kurt Munck, am Ende des Krieges zu Fuß (aus der Gefangenschaft) zu Frau und Kindern zurück. Ein Detail lässt aufhorchen. In den letzten Kriegswochen hielt sich der Autor im pommerschen Kolberg auf und erlebte die Evakuierung der Stadtbevölkerung und der Flüchtlinge per Schiff mit. Er rettete sich auf ein Schiff und erinnert sich daran: »Als ich dort [im Bauch eines Panzer-Transportschiffes; A.D.] im Dunkeln herumtastete, fand ich ein Kind. Es stellte sich heraus, daß es von seiner Mutti zum Schiff gebracht worden war. Die Mutti hatte etwas vergessen und war in das brennende Kolberg zurückgeeilt. Das Mädchen wird etwa 4 Jahre alt gewesen sein. Ich habe es während der Nacht auf meinem Schoß schlafen lassen. Als wir am nächsten Morgen in Swinemünde an Land gingen, ist es von mir beim Roten Kreuz abgegeben worden. Ich weiß nicht, was aus Mutter und Kind geworden ist.« Die Trennung von Mutter und Kind auf der Flucht war nichts Ungewöhnliches in jenen chaotischen Monaten. Es ist zu vermuten, dass mit dem im Text als K. bezeichneten Unglücksort die Stadt Kolberg gemeint ist, die zudem einen Dom besitzt; im Text ist von einem solchen die Rede. Fiktion und Wirklichkeit halten sich demnach hier ebenso die Waage wie der Name des Dorfes, aus dem die Familie Munck stammt: Sonnenkallen. Er ist zwar frei erfunden,

aber Ortsbezeichnungen mit der Endung auf »-allen« waren typisch für den heute russischen Teil des ehemaligen Ostpreußens. Einen Fluchtweg von dort über Pommern (Kolberg) in den Westen mussten unzählige Menschen tatsächlich einschlagen. Schließlich ist bekannt, dass Norddeutschland nach 1945 ein riesiges Auffangbecken für Flüchtlinge und Vertriebene war; auch Wedel wurde mit zahlreichen Flüchtlingsbaracken für Jahre vorläufige Heimstatt für Millionen Entwurzelte. Kontakt zwischen Flüchtlingen und Einheimischen konnte da nicht ausbleiben, authentisch erzählte Flüchtlingsgeschichten wird es zahllose gegeben haben.
Die außerliterarischen Bausteine des Textes helfen jedoch kaum weiter bei der Bestimmung dessen, worin das Anziehende dieses außergewöhnlichen Erzählwerks begründet ist. Es besteht in dem stimmigen Zusammenspiel dreier Elemente: des klaren Aufbaus der Handlung, der einfachen, aber einnehmenden Sprache sowie der glaubwürdigen Psychologie der Hauptfigur.
Mit dem ersten Satz, mit den ersten Absätzen werden wir hineingezogen in ein – wenn auch zunächst nur subjektiv empfundenes – drohendes kosmisches Unheil. Selbst die Kinder und der Hund spüren es. Das Drohende ist mit Händen zu greifen. Bereits im dritten Eintrag, in welchem die ersten Flüchtlinge gesichtet werden, schwant der Tagebuchschreiberin, »was aus dem Osten zu uns wollte«. Die durchziehenden Flüchtlinge bringen grausige Nachrichten mit; Gedanken an eine mögliche eigene Flucht und heimliche Fluchtvorbereitungen bestimmen plötzlich das Leben der Menschen. Für Millionen Ostdeutsche, hier exemplifiziert an einem kleinen Dorf in Ostpreußen, tritt das Undenkbare nun doch ein. Mit Pferdewagen, Notgefährten, zu Fuß und mit Rucksäcken beladen, macht

man sich am Ende des Krieges westwärts auf die Flucht vor der heranrückenden Roten Armee, die freilich als solche nicht genannt wird. Unter ihnen Trude Munck mit ihren vier Kindern. Mit ihrem labyrinthischen Fluchtweg vom ersten Tag an; mit der ununterbrochenen Konfrontation mit den entsetzlichsten Auswüchsen des Krieges; mit der aufreibenden Sorge um die Kinder; mit dem Verlust des gesamten Gepäcks; mit dem Getrenntwerden von den Kindern beim Besteigen des Flüchtlingsschiffs – was ihr in einer ohnehin schon extremen Ausnahmesituation vollends den Boden unter den Füßen entzieht – mit der fieberhaften Suche nach ihnen wohl in Vorpommern, wohin sie sich nach dem Unglück durchschlägt und wohin die Kinder mit dem Schiff gelangt sein könnten; mit dem Entschluss zur Rückkehr in das zerstörte Heimatdorf und, vor allem, mit den zu beobachtenden psychischen und physischen Veränderungen (sie altert binnen Wochen um Jahrzehnte) der ohnehin labilen Frau baut Nendel einen hohen Spannungsgrad auf, der bis zum Schluss nicht abfällt. Das erinnert an den Handlungsverlauf eines Schauspiels, das es dem Autor ja von Jugend an angetan hatte. Wenn man will, darf das »Tagebuch einer Verschollenen« als ein Drama in drei Akten gelesen werden. Der erste reicht bis zur »gesunden« Ankunft der Familie in K., wo sie für einige Tage geradezu märchenhaft in einem Hotelzimmer mit weiß überzogenen Betten Unterschlupf findet. Der zweite Akt bringt den negativen Höhepunkt, die Katastrophe: die Trennung von den Kindern an der Mole in K. Der Vorhang dieses mittleren Aktes fällt mit dem Eintrag: »Morgen früh gehen wir« – die Mutter macht sich mit der Puppentochter Jutta auf den Heimweg. Der Schlussakt enthält die körperlich strapaziöse und lebensgefährliche Rückkehr durch ein verwüstetes, verlorenes Land; eine für das Jahr 1949 außergewöhnlich mutige, zukunftsweisende, fast biblische Versöhnungsbegegnung zwischen der deutschen und der vermutlich aus Ostpolen von den Sowjets (als ein Ergebnis des Potsdamer Abkommens vom August 1945) in die entvölkerten, jetzt polnischen bzw. russischen Gebiete Vertriebenen; die »Kinderstimme« aus dem Seeschilf und die (eingebildete?) Heimkehr des Ehemannes, der das Tagebuch liest und alles begreift. Ich kenne keine Vertreibungsgeschichte, in welcher der Autor die Kunstmittel des Spannungsaufbaus und des Spannunghaltens so wirkungsvoll einsetzt wie Fritz Nendel in diesem Buch. Alle Schlusssätze der Tageseinträge sind so verfasst, dass man unbedingt wissen will, wie es weitergeht. Ein Beispiel für viele: »Der Bürgermeister hat heute einen Aufruf erlassen, es dürfe niemand fliehen. Das sei Landesverrat. Aber hinter verschlossenen Türen packt man überall.«

Wie ist das Ungeheuerliche erzählt? So, wie es eine einfache Frau, die zwar die höhere Schule besucht hat, vom Wesen her aber scheu und zurückhaltend ist, zu berichten vermag. Sie teilt eher zögerlich mit, als dass sie erzählt oder schildert. Ihre Worte sind bemerkenswert spartanisch, ehrlich, authentisch: »Ich bin mit meinen Brotmarken beim Bäcker gewesen. Alles ausverkauft. Zu viele Flüchtlinge. Meine vier aber haben Hunger.« Nendel geizt mit Wörtern, sein sparsamer Umgang mit ihnen übt jedoch eine wesentlich größere appellative Wirkung auf den Leser aus als eine lange Umschreibung. Das gilt erst recht für den bittersten Satz des Buches: »Die Kinder sind weg.« Der Schock der Mutter geht auf uns über. Dort, wo sie einmal etwas weiter ausholt, dient es der Sache. Etwa ihre kleine Philosophie über das Unvermögen der Sprache, das auszudrücken, was man eigentlich sagen will. Die Einträge kommen mir vor wie die äußerste Möglichkeit der sprachlichen Bewältigung einer solchen Apokalypse. Das Geschehen ist nicht zu begreifen und kaum in Worte zu fassen, doch das Aufschreiben macht die physische und psychische Lage ein klein wenig erträglicher. »Es gibt weder Schriftzeichen noch Papier für so etwas. Das alles erreicht nicht den Punkt, auf den allein es jetzt ankommt. Sämtliche Versuche, das fassen zu wollen, erinnern an den Mann, der mit einem Schmetterlingsnetz Gott fangen wollte.« Die innerliterarische Authentizität wird durch die gelegentlich anzutreffenden ungelenken, ungewöhnlichen oder altertümelnden Formulierungen eher bekräftigt denn geschwächt. Gerade in den gelegentlichen sprachlichen Ausrutschern liegt eines der Wirkungsgeheimnisse des Buches: Es ist wahr.

Wir lesen sowohl das Tagebuch einer Frau als auch das Buch eines Schriftstellers, dessen Stimme gleichfalls in Moll gehalten ist. Die gerade zitierte Reflexion über die Grenzen der Sprache, die heftige Bürokratiekritik – hier mag der ehemalige Beamte Nendel durchscheinen – oder die erwähnte Versöhnungsszene fügen sich in ihrer eindringlichen, aber nie aufdringlichen Tonart in den reservierten, ruhigen Erzählduktus des Ganzen ein. Das gilt auch für die zahlreichen grausamen Szenen des Buches. Einfache Sätze wie die der folgenden Treckbeschreibung empfinden wir wohl schmerzhaft wie die lauten Schläge eines Glockenschwengels, der gegen die Glocke schlägt. »Wir zogen also mit unserem Schlitten los, inmitten eines Zuges, in welchen sich Gesunde und Kranke, Lebende und Sterbende mischten – Säuglinge, Schwangere und Menschen mit erfrorenen Gliedmaßen. Wie ein urewiger mörderischer Fluch hing der Krieg über diesen Menschen, die keuchend ihren Schlitten oder ihren Karren durch den tiefen Schnee zogen, denen der Atem dampfend aus den weitgeöffneten Mündern quoll, denen der Schweiß trotz der Kälte das Gesicht verschmierte und denen die gefrorenen Haarsträhnen um die Köpfe flatterten, als wollten sie die Erschöpften züchtigen.«

Es ist schwer auszumachen, von welchem Moment an Trude Munck der Verstand zu schwinden beginnt, um dessen Erhalt sie tapfer ringt. Ebenso wie ihre Sprache ist auch die psychologische Entwicklung der Hauptfigur stimmig. Sie macht Traumatisches durch. Zwar meinten die Dörfler schon immer, eine »abseitige Art« in der am See Lebenden erkannt zu haben, aber immerhin macht sie im Aufbruchs- und Fluchtchaos mit vier kleinen Kindern und ohne Mann alles richtig. Wer würde bei dem, was sie zu bewältigen hat, nicht von Beginn an am Verstand der Welt zweifeln und, nur einen kleinen Schritt weiter, Gefahr laufen, an ihr irre zu werden und den Gottesglauben zu verlieren, der ihr früher immer Halt gegeben hatte? Und dann geschieht eine Katastrophe nach der anderen: Verlust des gesamten Gepäcks und der Kinder mit albtraumartigen Suchaktionen und dem Entstehen eines tiefen Schuldbewusstseins. Da ist es kein weiter und unglaubhafter Weg mehr zu dem psychologischen Notanker, in einer Puppe das jüngste eigene Kind und in einer (vermeintlichen?) nächtlichen Sternenbewegung eine Aufforderung zur Rückkehr in die östliche Heimat zu sehen. So sehr wir das Denken, Empfinden und Verhalten der Munck als irrational und ihrem allmählichen Schwinden der Sinne zuschreiben, so sehr »verstehen« wir sie. Gerade in ihrer Tragik wird sie zu einer menschlich und literarisch überzeugenden Figur.

Warum diese Neuauflage fast 60 Jahre nach der Erstveröffentlichung und dann noch zu einem Zeitpunkt, da nicht nur Günter Grass mit seiner Novelle »Im Krebsgang« (2002; in ihr geht es um den Untergang des Flüchtlingsschiffes »Wilhelm Gustloff« am 31. Januar 1945), sondern auch zahlreiche andere zeitgenössische Autoren, unter vielen anderen Jörg Bernig, Christoph Buggert, Stefan Chwin, Tanja Dückers, Peter Härtling, Christoph Hein, Pavel Kohout, Thomas Medicus, Olaf Müller, Horst Surminski, Hans-Ulrich Treichel, Stephan Wackwitz, das Thema Flucht und Vertreibung für sich entdeckt und literatursalonfähig gemacht haben? Bringt doch Nendel historisch-faktisch nichts Neues, setzt er keine neuen thematischen Akzente. – Weil er die Sache ganz anders als alle vor und nach ihm angeht. Trägt das »Tagebuch« auch alle Attribute einer historischen Erzählung, hat es aber etwas Un-Fassbares, ja Fantastisches an sich. Das Geschehen ist zeitlich einzuordnen, die reale Landschaft mit Indizien zu bestimmen, die militärischen Gegner und Nationalitäten aus der Historie bekannt – doch die Nennungen unterbleiben (von der zeitlichen Fixierung abgesehen). Die bewusste Vernachlässigung des Identifizierbaren rückt das Wesentliche in den Vordergrund: die Befindlichkeit eines Opfers der Zeit. Binnen kürzester Zeit geht Nendels Erzählerin sämtlicher elementarer Selbstverständlichkeiten verlustig. Die Örtlichkeiten interessieren da nicht mehr, sie spielen keine Rolle. Nicht wo (und im Grunde auch nicht wann) sich das Drama abspielt, ist von Belang, sondern dass es sich überhaupt abspielt, dass so etwa möglich ist.

Mag sein, dass es 1949 für eine solche fast ahistorische und experimentelle literarische Bearbeitung einer schmerzhaften, frischen nationalen Wunde wie Flucht und Vertreibung noch zu früh war und ein solches Buch auf Unverständnis oder gar Ablehnung stoßen musste. Noch dazu bot es keine ideologischen Angriffspunkte und verschwieg es auch nicht, dass der Ausgangspunkt der Vertreibung der Deutschen deren Kriegsschwert im Osten war (etwa im Munck'schen Rückgriff auf das Schwert in der Bibel oder mit der »Selbstgeißelung« der Menschen in der zitierten Treckszene). Literaturhistorisch war Nendels Buch auf jeden Fall ein Einzelstück – und ist es noch heute. Denn, und hier sei noch einmal »Im Krebsgang« von Günter Grass als stellvertretendes Beispiel bemüht, er und die anderen erzählen in ihren verzwickten Handlungssträngen zwar ungeheuerlich viel, aber ob sie uns mehr zu sagen haben und uns mehr sagen als Fritz Nendel, muss sich nun erst noch herausstellen. Für mich ist mit dem »Tagebuch einer Verschollenen« jetzt eine zeitlos gültige Schlüsselerzählung, eine Urgeschichte über die Flucht von Menschen zutage gefördert worden, die als Spielball und Manövriermasse der Mächtigen immer wieder missbraucht wurden und überall auf der Welt nach wie vor missbraucht werden. In diesem Buch des unbekannten Autors »schlummerte noch eine unerlöste Gegenwart«.[6] Nach der Lektüre aufgewühlt, sind wir am Schluss erleichtert, dass die Leiden der Trude Munck ein Ende gefunden haben; kein gutes wohl – den weiteren Lebensweg der Vermissten verrät uns das offene Ende nicht –, aber sie sind vorbei.

Axel Dornemann

1 Dieser Brief Nendels an Hermann Hesse ist archiviert im Schweizerischen Literaturarchiv Bern, dem für die Übermittlung einer Kopie zu danken ist.

2 Frau Annegret Sterneck, eine Tochter Fritz Nendels, stellte mir dankenswerterweise eine Kopie dieses handschriftlichen Lebensabrisses ihres Vaters von 1985 zur Verfügung und gestattete es mir auch, hieraus zu zitieren.

3 In: Tag der Evangelischen Familie. Materialdienst X. 1963. Hrsg.: Freie Vereinigung evangelischer Eltern und Erzieher, Wuppertal Ronsdorf.

4 L.F. Helbig: Der ungeheure Verlust. Flucht und Vertreibung in der deutschsprachigen Belletristik. 3., um den aktuellen Forschungsstand und ein Register ergänzte Auflage. Wiesbaden 1996, S. XI.

5 Einen vollständigen Überblick dazu bietet der Herausgeber dieses Buches und Verfasser des Nachwortes mit seiner Arbeit »Flucht und Vertreibung aus den ehemaligen deutschen Ostgebieten in Prosaliteratur und Erlebnisbericht seit 1945. Eine annotierte Bibliographie«, Stuttgart 2005. Bei den Recherchen zu dieser Bibliographie stieß ich auf »Spreu im Wind«.

6 Diese schöne Formulierung prägte jüngst Peter Demetz in seiner Rezension von Kempowskis »Hamit. Tagebuch 1990« in der Frankfurter Allgemeinen Zeitung vom 13. Mai 2006, S. 48. Sie fällt im Zusammenhang mit der umtriebigen Suche des 2007 gestorbenen Schriftstellers Walter Kempowski nach noch unentdeckten Lebensbeschreibungen, Chroniken und Tagebüchern.